加藤 徹

絵でよむ漢文

朝日出版社

はじめに

漢文は力強い。簡潔で、含蓄に富み、人間味がある。自分の人生は一度だけだ。しかし人間は、文学によって、他人の人生を追体験できる。

漢文はすぐれた文学だ。疲れたとき、好きな漢詩を、例えば「白日、山に依りて尽き、黄河、海に入りて流る」（82頁）を口ずさむ。するとたちまち目の前に、万里に雲なき青空や、悠久の大地のイメージが広がる。人生に悩んだとき、例えば「徳は孤ならず、必ず隣有り」（168頁）という漢文を味わう。こんな言葉を残した昔の人も、きっと、辛くさびしい思いをしたんだろう――今の自分の悩みが自分だけのものでないこと、自分は人間らしく生きているからこそ悩むのだということがわかり、勇気を拾えるかもしれない。

たった一つでもいい。自分の心に響く言葉との出会いは、生涯の伴侶との出会いと同じくらい、すばらしい。もしこの小さな本が、その縁結びの一助になれれば、著者として望外の喜びである。

絵でよむ漢文　もくじ

第1章

春眠暁を覚えず――漢文をひもとく

春暁《しゅんぎょう》　孟浩然《もうこうねん》（六八九〜七四〇）

春眠暁《しゅんみんあかつき》を覚《おぼ》えず
処処啼鳥《しょしょていちょう》を聞《き》く
夜来風雨《やらいふうう》の声《こえ》
花落《はなお》つること知《し》る多少《たしょう》

春眠不レ覚エレ暁ヲ
処処聞ク二啼鳥ヲ一
夜来風雨ノ声
花落ツルコト知ル多少

もう朝か。また寝坊した。夜明けが早くなった。もう春なんだな。小鳥のさえずりが、あちこちから聞こえる。ゆうべは雨と風の音がすごかった。春の花は、どれくらい散ってしまっただろうか。

孟浩然《もうこうねん》は李白《りはく》の先輩にあたる詩人。出世欲がうすく、自然を愛した。「朝廷」という言葉が示すとおり、昔の東洋では政治は早朝から午前中にかけて行うものだった。朝寝坊という行為は、役人生活を隠退したか、あるいは最初から役人になるつもりがないという意思表示でもある。朝寝坊できるスローライフ、興味関心は春の花、という自由人の境地を詠《よ》んだ名作である。なお単に「花」と言うと日本の和歌では桜を指すが、中国の漢詩では牡丹《ぼたん》の花を指すことが多い。また現代日本語の「多少」は「ちょっと」の意味だが、漢語の「多少」は「どれくらい」という疑問詞であり意味が違う。

元二《げんじ》の安西《あんせい》に使《つかい》するを送《おく》る

王維《おうい》（六九九頃〜七五九頃）

渭城《いじょう》の朝雨《ちょうう》軽塵《けいじん》を浥《うる》おす
客舎青青柳色新《かくしゃせいせいりゅうしょくあらた》なり
君《きみ》に勧《すす》む更《さら》に尽《つ》くせ一杯《いっぱい》の酒《さけ》
西《にし》のかた陽関《ようかん》を出《い》づれば
故人《こじん》無《な》からん

渭城《ノ》朝雨浥《ホス》二軽塵《ヲ》一
客舎青青柳色新《ナリ》
勧《ム》レ君《ニ》更《ニ》尽《クセ》一杯《ノ》酒
西《ノカタ》出《ヅレバ》二陽関《ヲ》一無《カラン》二故人一

王維《おうい》

唐詩《とうし》がもっとも盛んに作られた盛唐《せいとう》（七一二〜七六五）の高級官僚で、時代を代表する詩人。画家、書家、音楽家としても活躍した。晩年の官職が尚書右丞《しょうしょうじょう》（内閣官房長官のような職）であったことから王右丞とも呼ばれる。同時代の詩人李白《りはく》が詩仙、杜甫《とほ》が詩聖と呼ばれるのに対し、その作風から詩仏と呼ばれる自然詩人。山水画にすぐれ「南画《なんが》（文人画）の祖」と言われる。

ここは長安《ちょうあん》の都の西北、渭城《いじょう》の町。この町のほこりは、今朝の雨に洗われ、すがすがしい天気になった。旅館の柳が青青と色鮮やかだ。さあ、旅立ちの前にもう一杯だけ。西のほう、陽関《ようかん》から先には、もう友だちはいないのだから。

元二《げんじ》は「元さんの家の二男」の意。王維《おうい》の友人の元二は、はるか西北のシルクロードにある安西都護府《あんせいとごふ》（現在の新疆《しんきょう》ウイグル自治区のクチャ）に出張することになった。王維は友を見送るため、郊外の渭城の町まで一緒に行って泊まり、翌朝、出立を見送ったのである。昔の中国人は、友人の送別のとき、王維のこの名詩を三回繰り返して歌った。そのため「陽関三畳」「渭城曲」などのタイトルでも呼ばれる。

送別の漢詩では、よく「柳」が象徴的に詠み込まれる。柳の枝はしなやかで、曲げても必ず「戻る」ので、縁起をかついで旅立つ友に柳の枝を送る習慣があったのである。

春望《しゅんぼう》　杜甫《とほ》（七一二〜七七〇）

国破《くにやぶ》れて山河《さんが》在《あ》り
城春《しろはる》にして草木深《そうもくふか》し
時《とき》に感《かん》じては花《はな》にも涙《なみだ》を濺《そそ》ぎ
別《わか》れを恨《うら》んでは鳥《とり》にも心《こころ》を驚《おどろ》かす
烽火三月《ほうかさんげつ》に連《つら》なり
家書万金《かしょばんきん》に抵《あた》る
白頭掻《はくとうか》けば更《さら》に短《みじか》く
渾《す》べて簪《しん》に勝《た》えざらんと欲《ほっ》す

国破レテ山河在リ
城春ニシテ草木深シ
感ジテハレ時ニ花ニモ濺ギレ涙ヲ
恨ンデハレ別レヲ鳥ニモ驚カスレ心ヲ
烽火連ナリ二三月ニ一
家書抵ル二万金ニ一
白頭掻ケバ更ニ短ク
渾ベテ欲スレ不ラントレ勝ヘレ簪ニ

戦乱で国都は破壊されたが、山河は変わらずに残っている。荒廃した市街には今年も春がめぐってきて、草木が青青と生い茂っている。時勢に心を痛め、花を見ても涙がこぼれる。家族と引き裂かれ、鳥の声を聴いてもハッと胸がしめつけられる。戦乱ののろしは何カ月もやまない。地方に疎開させた家族からの手紙は万金にも値する。私の白髪頭《しらがあたま》も、苦労ですっかり薄く短くなった。もうすぐ冠《かんむり》を止める串も刺せなくなるだろう。

杜甫は中国史上最高の詩人とされ「詩聖《しせい》」とも称される（25頁参照）。「春望」は「春の眺め」の意。漢語「城」は都市の意。唐《とう》の玄宗《げんそう》皇帝と楊貴妃《ようきひ》の時代、安禄山《あんろくざん》の反乱が起き、繁栄を誇った長安の都も破壊された。

杜甫の詩は日本文学にも大きな影響を与えた。松尾芭蕉《ばしょう》は『おくのほそ道』で「国破れて山河あり、城春にして草青みたりと」云々と引用している。

山《さん》中《ちゅう》にて幽《ゆう》人《じん》と対《たい》酌《しゃく》す　李《り》白《はく》（七〇一～七六二）

両人対酌《りょうにんたいしゃく》して山花《さんか》開《ひら》く
一杯一杯《いっぱいいっぱい》復《ま》た一杯《いっぱい》
我《われ》酔《よ》うて眠《ねむ》らんと欲《ほっ》す卿《きみ》且《しばら》く去《さ》れ
明朝《みょうちょう》意《い》有《あ》らば琴《こと》を抱《いだ》いて来《き》たれ

両人対酌《シテ》山花開《ク》
一杯一杯復《タ》一杯
我酔《ウテ》欲《ス》レ眠《ラント》卿且《ク》去《レ》
明朝有《ラバ》レ意抱《イテ》レ琴《ヲ》来《タレ》

二人で酒をくみかわすと、山の花が咲く。一杯、一杯、もう一杯。酔っぱらって眠くなった。ちょっと帰ってくれ。あした気がむいたら、琴をまたもって来てくれ。

幽人は、俗世を離れ深山幽谷《しんざんゆうこく》に住む隠者《いんじゃ》の意。李白の交友関係は広かった。日本人とも縁があり、遣唐使《けんとうし》として唐に渡った阿倍仲麻呂《あべのなかまろ》の親友でもあった。李白の友人だった杜甫《とほ》は、「飲中八仙歌」という漢詩で「李白一斗 詩百篇。長安市上 酒家に眠る。天子呼び来たれども 船に上らず。自ら称す臣は是れ 酒中の仙と」と詠んだ。李白は「斗酒なお辞せず」の酒豪で、酒を飲めばたちまち多数の漢詩を詠むほどの文才があった。しかし出世欲はゼロで、李白の文才を愛した皇帝のお召しがあっても、都の酒屋で酔いつぶれたまま赴《おもむ》かなかった——という意味である。

春《しゅん》夜《や》　蘇《そ》軾《しょく》（一〇三六～一一〇一）

春《しゅん》宵《しょう》一《いっ》刻《こく》直《あたい》千《せん》金《きん》
花《はな》に清《せい》香《こう》有《あ》り月《つき》に陰《かげ》有《あ》り
歌《か》管《かん》楼《ろう》台《だい》声《こえ》細《さい》細《さい》
鞦《しゅう》韆《せん》院《いん》落《らく》夜《よる》沈《ちん》沈《ちん》

春　宵　一　刻　直　千　金
花ニ　有リ二清　香一月ニ　有リレ陰
歌　管　楼　台　声　細　細
鞦　韆　院　落　夜　沈　沈

春の夜の一刻の時間は千金に値する。花は清らかに香り、おぼろ月には薄霞《うすがすみ》の翳《かげ》りがある。遠くの高殿《たかどの》からは、歌や管弦の繊細な音色がかすかに聞こえる。婦女子用のブランコがある中庭の夜は、静かに更《ふ》けてゆく。

作者は、宋《そう》の文豪で、書家としても有名な蘇軾（号は東坡《とうば》）。食通でもあり、中華料理の豚の角煮を「東坡肉《トンポーロウ》」と呼ぶのは彼にちなむ。「春宵一刻直千金」はそのまま成語としても使われる。昔の中国の時間の単位では、一刻は一日の百分の一（十四分二十四秒）に当たる。ちなみに現代中国の一刻は十五分ジャスト。鞦韆《しゅうせん》は、少女や若い婦人がゆるやかに乗って遊ぶ優雅な遊具。昼間、嬌声《きょうせい》をあげて中庭のブランコで遊んでいた彼女たちは、春の夜、何をしているのだろう？

そこはかとない艶《なま》めかしさが漂う名詩である。

絶句《ぜっく》　杜《と》甫《ほ》（七一二～七七〇）

江碧《こうみどり》にして鳥《とり》逾《いよいよ》白《しろ》く
山青《やまあお》くして花《はな》然《も》えんと欲《ほっ》す
今春《こんしゅん》看《みすみす》又《また》過《す》ぐ
何《いず》れの日《ひ》か是《こ》れ帰年《きねん》ならん

江碧ニシテ鳥逾白ク
山青クシテ花欲レスト然エント
今春看又過グ
何レノ日カ是レ帰年ナラン

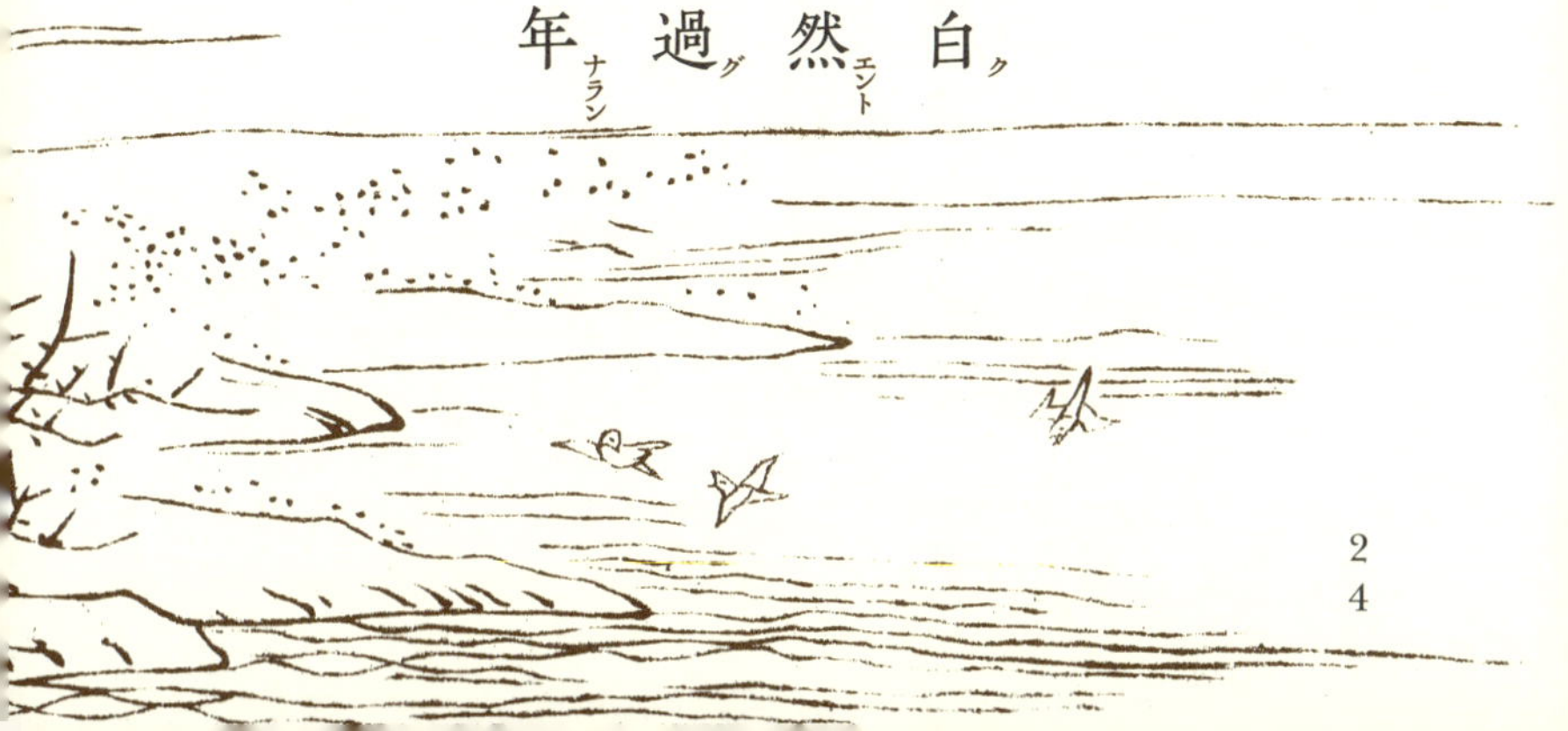

24

杜甫《とほ》

李白《りはく》と並んで唐を代表する大詩人。若い時から政治と社会に深い関心を持ち、現実をリアルに描写して、千五百首あまりの名作を残した。天才肌の李白に対して杜甫は努力型といわれ、作風は対照的である。沈痛・憂愁を基調とした叙事詩が特長で、とくに対句を重んずる律詩には定評がある。「李白は絶句、杜甫は律詩に優れている」と称される。

川のエメラルド・グリーンをバックに、鳥はますます白い。山の青さを背景に、花はいまにも燃え上がらんばかりに赤い。今年もまた、むなしく春が過ぎてゆく。故郷に帰れるのはいつの日か。

漂泊《ひょうはく》の詩人・杜甫の絶唱である。安禄山《あんろくざん》の反乱が鎮圧されたあとも、社会の混乱は続いた。杜甫は生活のため、妻と子供たちを連れ、各地を放浪した。この詩は、四川省《しせん》の成都《せいと》に住んだ時の作。杜甫の願いは、世の中に平和がもどり、家族とともに長安《ちょうあん》の都に帰ることだった。だが結局、彼の望みは最後までかなわなかった。——

中国北部の黄土《こうど》地帯の川は黄色い濁流だが、水と緑が豊かな南西部を流れる川は半透明のエメラルド・グリーンである。北中国の自然を見慣れた杜甫の目には、南中国の自然の美しささえもが、望郷の思いをかきたてる残酷なものであった。

桃夭《とうよう》　無名氏《むめいし》

桃《もも》の夭夭《ようよう》たる
　灼灼《しゃくしゃく》たる其《そ》の華《はな》
之《こ》の子《こ》于《ゆ》き帰《とつ》がば
其《そ》の室家《しつか》に宜《よろ》しからん
桃《もも》の夭夭《ようよう》たる
　有蕡《ゆうふん》たる 其《そ》の実《み》
之《こ》の子《こ》于《ゆ》き帰《とつ》がば
其《そ》の家室《かしつ》に宜《よろ》しからん

桃之夭夭タル　灼灼タル其ノ華
之ノ子于キ帰ガバ　宜二シカラン其ノ室家ニ一
桃之夭夭タル　有蕡タル其ノ実
之ノ子于キ帰ガバ　宜二シカラン其ノ家室ニ一

桃《もも》の夭夭《ようよう》たる
其《そ》の葉《は》蓁蓁《しんしん》たり
之《こ》の子《こ》于《ゆ》き帰《とつ》がば
其《そ》の家人《かじん》に宜《よろ》しからん

桃之夭夭《タル》　其《ノ》葉蓁蓁《タリ》
之《ノ》子于《キ》帰《ガバ》　宜《シカラン》二其《ノ》家人《ニ》一

みずみずしい桃の木、その花はパッパッと燃えるように赤い。この子はいま嫁《とつ》いでゆく。向こうの家で幸せになれ。みずみずしい桃の木、その実はムッチリとふくらむ。この子はいま嫁いでゆく。向こうの家で幸せになれ。みずみずしい桃の木、その葉はフサフサと茂る。この子はいま嫁いでゆく。向こうの人たちと幸せになれ。

孔子《こうし》が教科書として編纂した古典詩集『詩経《しきょう》』に収録されている古代の詩。作者は不明。今から三千年以上前、現在の

無名氏

陝西省《せんせい》あたりで歌われていた「言祝《ことほ》ぎ歌」だったらしい。

古代人は、結婚の宴でめでたい歌を歌えば、歌詞の言霊《ことだま》の力で縁起が良くなる、という呪術的な迷信を信じていた。この詩は「桃の花が咲き、実がふくらみ、葉が生い茂る」と順調な生長を歌う。これは「少女が年ごろになり、妊娠し、多くの子孫に囲まれて幸せに暮らす」という人生のステップの暗喩《あんゆ》、ないし「少女が美しくなり、ふっくら曲線美ができ、茂みもできる」という第二次性徴の暗喩である。

『詩経』の詩は、日本最古の歌集『万葉集』と同じく、古代の生活に根ざした素朴でおおらかな作品が多い。孔子は、自分が選んだ『詩経』の約三百篇の古代詩の風格を、「思い邪《よこしま》無し」の一言で概括《がいかつ》した。

桃は、中国原産のバラ科の植物で、春に燃えるような赤い花を咲かせる。ちなみに、お色気を「ピンク(桃色)」というのは、日本人にだけ通じる和製英語だが、その語源は漢文学における「桃」のイメージである。

中国人も漢文は苦手!?

アメリカやイギリスの学校の授業に「古文」はない。現代の普通の英米人が読める最も古い英語は、四百年前のシェークスピアあたりである。それより古い時代の英語は、現代英語との差異が大きくなりすぎて、学者でないと原文を読めない。シェークスピアは徳川家康の同時代人だ。ずいぶん歴史が浅いが、世界ではこのていどが普通である。

これに比べると、中国や日本の「古文」の古さは異常だ。中国語では漢文を「古文（グーウェン）」と呼ぶ。日本の生徒が学ぶ古文の教材のうち、最も古いのは千三百年前の『万葉集』など。中国の生徒が学ぶ最古の古文教材は、三千年以上前の「桃夭《とうよう》」（26頁）などで、英語より数倍も古い。

とはいえ、日本の生徒も中国の生徒も、古文は苦手である。現代語と古文とでは、語彙《ごい》も文法も違う。現代語訳がないと理解しづらい。

例えば、杜甫《とほ》の名句「江碧鳥逾白」（24頁）を現代中国語に訳すと「漫江碧波蕩漾、顕露出白翎的水鳥、掠翅江面」（広い川に碧波が広がり、白い翼の水鳥が川面をすれすれに飛ぶ姿をきわだたせる）と、原文の三倍以上の長さになる。漢文と中国語は、これほど違うのだ。

塞《さい》翁《おう》が馬《うま》　『淮《え》南《なん》子《じ》』

福《ふく》の禍《わざわい》と為《な》り、
禍《わざわい》の福《ふく》と為《な》るは、
化極《かきわ》むべからず、
深測《しんはか》るべからざるなり。

福之為《リ》レ禍《ト》、
禍之為《ルハ》レ福《ト》、
化不レ可《カラ》レ極《ム》、
深不《ル》レ可《カラ》レ測《ル》也。

騎馬（画像石）

今の幸福が未来の不幸の原因となり、今の不幸が未来の幸福の原因となる。その深遠な変化は、見極めることも予測することも不可能だ。

「人間万事、塞翁が馬」の故事の結論部分の一文である。紀元前二世紀の古典『淮南子《えなんじ》』に載せる話。昔、辺境の要塞《ようさい》の近くに老人が住んでいた。あるとき老人の馬が国境を越えて逃げた。人々が慰めると、老人は「この禍《わざわい》が福にならぬとは限らないよ」と言った。その後、逃げた馬が、別の駿馬《しゅんめ》を連れて帰ってきた。老人の家では駿馬が繁殖した。老人は「この福が禍にならぬとは言えないよ」と言った。息子が、繁殖した駿馬から落馬して骨折した。老人は「この禍が福にならぬとは限らないよ」と言った。翌年、国境で戦争が起きた。兵隊の九割が戦死したが、骨折した息子は徴兵を免除され、生き残った。

同様の意味の成語に「禍福《かふく》は糾《あざな》える縄《なわ》の如し」（出典は『史記』南越伝）がある。

株《かぶ》を守《まも》る

韓《かん》非《ぴ》（前二八〇頃～前二三三）

因《よ》りて其《そ》の耒《すき》を釈《す》てて株《かぶ》を守《まも》り、
復《ま》た兎《うさぎ》を得《え》んことを冀《こいねが》う。

因リテ釈テテ二其ノ耒ヲ一而守リレ株ヲ、
冀フニ復タ得ンコトヲレ兎ヲ。

兎（一部、西王母画像塼拓）

32

農夫は鋤《すき》を捨てて切り株を見守り、またウサギが手に入るといいな、と待ち望んだ。

『韓非子《かんぴし》』に載せる「株を守る」「守株待兎《しゅしゅたいと》」の寓話。昔、宋《そう》の国の農夫が畑を耕《たがや》していた。野ウサギが走ってきて、偶然、木の切り株にぶつかり、首を折って死んだ。ウサギの肉はごちそうである。男は喜び、農業をやめ、ふたたびウサギが切り株にぶつかるのを待った。だが偶然の幸運は二度と訪れず、男は国じゅうの笑いものになった。

歴史には偶然の僥倖《ぎょうこう》が多い。日露戦争で日本が勝ったのも、戦後の高度成長をなしとげたのも、日本人の実力もさることながら、好運に恵まれた部分も大きい。そうした好運に味をしめて慢心すると、日露戦争の好運の再現をあてにして第二次大戦で負けたり、バブル経済崩壊後「日本ひとり負け」の状態が二十年も続いたり、と、悲惨な結果になる。

管鮑《かんぽう》の交《まじ》わり　『史記《しき》』

我《われ》を生《う》みし者《もの》は父母《ふぼ》なるも、
我《われ》を知《し》れる者《もの》は鮑子《ほうし》なり。

生ミシレ我ヲ者ハ父母ナルモ、
知レルレ我ヲ者ハ鮑子也。

私を生んでくれたのは父母だが、私を知る者は鮑《ほう》くんである。

漢文には友情を指す成語が多い。「知音《ちいん》の友」「竹馬《ちくば》の友」「管鮑の交わり」「刎頸《ふんけい》の交わり」「水魚《すいぎょ》の交わり」等々。

紀元前七世紀、管仲《かんちゅう》と鮑叔《ほうしゅく》という名の、二人の大政治家がいた。彼らは若く貧しいころから親友だった。青年時代、二人はいっしょに商売をした。大赤字を出したとき、鮑叔は「商売は時の運だから」と思い、管仲を無能とは思わなかった。黒字になったとき、管仲は分け前を独占したが、鮑叔は「彼の家族は貧しいから」と思い、腹を立てなかった。管仲は感激し、右の「私を生んでくれたのは」云々の言葉を述べた。二人の友情は「管鮑の交わり」として評判になった。

後に管仲は斉《せい》の宰相となり、祖国を大国に押し上げた。後世の孔子《こうし》や諸葛孔明《しょかつこうめい》も、管仲の政治手腕を高く評価している。

桓公と管仲(画像石)

世《よ》に伯楽《はくらく》有《あ》りて　韓愈《ゆ》（七六八〜八二四）

世《よ》に伯楽《はくらく》有《あ》りて、
然《しか》る後《のち》に千里《せんり》の馬《うま》有《あ》り。

世ニ有リテ二伯楽一、
然ル後ニ有リ二千里ノ馬一。

拾糞（一部、山東画像磚）

──馬を鑑定する名人がいて、はじめて名馬があらわれる。

韓愈の「雑説《ざっせつ》」の一文。韓愈はずばぬけた名文家だったが、自分の文才を評価してくれる試験官にめぐりあえず、何度も科挙《かきょ》の試験に落ちた。

ダイヤモンドの原石のような才能を秘めた逸材は、世にたくさんいる。が、それを見いだしてくれる人は少ない。世に埋もれたまま終わる天才は、意外に多い。

紀元前七世紀、伯楽孫陽《そんよう》という馬の鑑定術の達人がいた。当時、馬は軍事的にも貴重だった。彼は馬を一目見て「この馬は駄馬《だば》にしか使えない」「この馬は調教すれば駿馬《しゅんめ》になる」と見分けることができた。後世「伯楽」は、「馬の鑑定人」「牛馬の治療や売買に従事する人」を指す代名詞となった（日本語「博労《ばくろう》」は「伯楽」の転訛《てんか》）。さらに、比喩的に「人材を発掘して育てあげる達人」を指して「伯楽」と呼ぶようになった。

学《まな》んで時《とき》に之《これ》を習《なら》う、
亦《ま》た説《よろこ》ばしからずや。
朋《とも》有《あ》り、遠方《えんぽう》より来《き》たる、
亦《ま》た楽《たの》しからずや。
人《ひと》知《し》らずして、慍《いきどお》らず、
亦《ま》た君子《くんし》ならずや。

『論語《ろんご》』　孔子《こうし》（前五五二～前四七九）

学而《ンデ》時《ニ》習《フ》レ之《ヲ》、
不二亦《タ》説《バシカラ》一乎。
有《リ》レ朋自《リ》二遠方一来《タル》、
不二亦《タ》楽《シカラ》一乎。
人不《シテ》レ知《ラ》而不レ慍《ラ》、
不二亦《タ》君子《ナラ》一乎。

論語巻第一

學而第一

子曰。學而時習之。不亦説乎

勉強した知識を、時がきたら実習で実践する。面白いじゃないか。遠くから友が来る。楽しいじゃないか。他人に理解されなくても怒らない。人格者と言えるじゃないか。

『論語《ろんご》』冒頭の孔子《こうし》の言葉。人生は楽しいものなんだ、前向きに生きようじゃないか、という孔子の笑い声が聞こえてくるようなメッセージである。

交通の要衝《ようしょう》である山東《さんとう》地方に生まれた孔子は、友だちとか弟子とか、人間関係を作るのが好きだった。彼の夢は政治家になることだった。『論語』によると、孔子の好物は肉で、酒もたくさん飲み、音楽も大好き、服装や礼儀作法にもこだわった。釈迦《しゃか》やイエスは命がけの苦行をしたが、孔子は断食も禁欲もしなかった。仏教やキリスト教には、人は誰しも罪人であり人生は辛い試練である、という発想がある。儒教には、良くも悪くもそのような暗さが欠けている。孔子はいかにも中国的な聖人であった。

吾《われ》十有五《じゅうゆうご》にして学《がく》に志《こころざ》す。
三十《さんじゅう》にして立《た》つ。
四十《しじゅう》にして惑《まど》わず。
五十《ごじゅう》にして天命《てんめい》を知《し》る。
六十《ろくじゅう》にして耳順《みみしたが》う。
七十《しちじゅう》にして心《こころ》の欲《ほっ》する所《ところ》に
従《したが》えども、矩《のり》を踰《こ》えず。

吾十有五ニシテ而志ス二于学ニ一。
三十ニシテ而立ツ。
四十ニシテ而不レ惑ハ。
五十ニシテ而知ル二天命ヲ一。
六十ニシテ而耳順フ。
七十ニシテ而従ヘドモ二心ノ所ニレ欲スル、
不レ踰エレ矩ヲ。

『論語《ろんご》』　孔子《こうし》（前五五二〜前四七九）

弟子に話をする孔子（四川成都画象磚）

私は十五歳で学問に志した。三十歳で自立した。四十歳で自信をもった。五十歳で天命を知った。六十歳で人の話に耳を傾けられるようになった。七十歳で、心の欲するままに行動しても、自然と限度を超えなくなった。

享年七十三（一説に七十四）で亡くなった孔子《こうし》の、晩年の言葉。これにちなみ、数え年で十五歳の異称を「志学《しがく》」、三十を「而立《じりつ》」、四十を「不惑《ふわく》」、五十を「知命《ちめい》」、六十を「耳順《じじゅん》」、七十を「従心《じゅうしん》」と呼ぶ。日本では、偉大な聖人の模範とすべき生き方、と解釈する人が多い。しかし孔子の本意は「勝ち自慢」ではなく、むしろ苦笑まじりの「負け自慢」であったろう。「わしは今でこそ『先生』なんて呼ばれておるが、十四まで学問が嫌いで、二十九まで自立できず、三十九まで人生を迷い、四十九まで天命をわきまえず、五十九まで自己主張ばかりで、六十九まで枯れずにギラギラしてた。ま、人生なんてそんなもんさ」

蛍《けい》雪《せつ》の功《こう》　『蒙《もう》求《ぎゅう》』

孫康《そんこう》　雪《ゆき》に映《てら》し、
車胤《しゃいん》　蛍《ほたる》を聚《あつ》む。

孫康映シレ雪ニ、
車胤聚ムレ蛍ヲ。

狩野探幽・筆

孫康《そんこう》は雪明かりを、車胤《しゃいん》は集めたホタルを、灯火の代用にして本を読んだ。

学校唱歌の「蛍の光、窓の雪」という歌でも有名な、「蛍雪の功」の故事である。孫康も車胤も、家が貧乏で灯火用の油を満足に買えなかったが、それぞれ冬の雪明かりや夏のホタルの光を代用にして勉学を積み、立派な人物になったという。

苦学に関する故事成語は多い。「懸頭刺股《けんとうしこ》」（「懸梁錐股《けんりょうすいこ》」）の話では、睡魔と戦うため、孫敬《そんけい》は自分の頭髪を天井の梁《はり》に結びつけ、蘇秦《そしん》は自分の股を錐《きり》で突き刺し、勉学に励んだ。「鑿壁偸光《さくへきとうこう》」の匡衡《きょうこう》は、隣家との壁に穴をあけてわずかな光を盗み、読書して政治家となった。「仏寺夜読」「放牛画荷」の王冕《おうべん》は、夜は寺の仏像の灯明で読書し、昼は牛を放牧しながら荷《はす》の花の絵を描き、文人画家として大成した。雪やホタルは季節が限られるし、壁に穴をあけるのは犯罪だ。が、こうした非現実性は、言葉の綾《あや》として大目に見るべきだろう。

胡蝶《こちょう》の夢《ゆめ》　荘子《そうし》（前三六九～前二八六頃）

知《し》らず、周《しゅう》の夢《ゆめ》に
胡蝶《こちょう》と為《な》れるか、
胡蝶《こちょう》の夢《ゆめ》に周《しゅう》と為《な》れるかを。

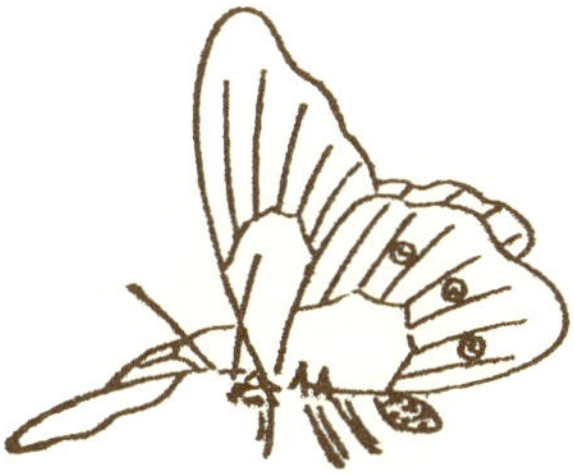

不レ知ラ周之夢ニ
為ニレル胡蝶ト一与、
胡蝶之夢ニ為レレル周ト与ヲ。

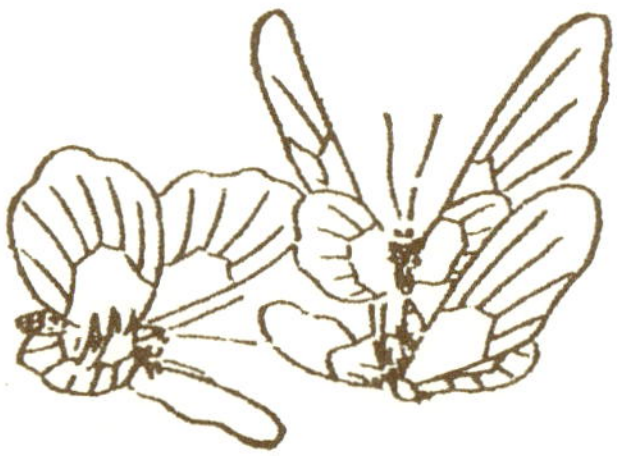

李國龍・筆

自分は、蝶になった夢を見ている荘子なのか。それとも、荘子になった夢を見ている蝶なのか。一瞬わからなくなった。

「胡蝶《こちょう》の夢」の故事。哲学者の荘子が、夢のなかで蝶になった。フワフワと自在に飛ぶ感覚はリアルで、夢とは気付かなかった。ハッと目がさめると、寝ている人間の姿だった。一瞬、どちらが夢でどちらが現実か、わからなくなった。

人間は現実を脳で知覚する。現実は脳外現象だが、現実の知覚は、夢と同じ純粋な脳内現象だ。自分がいま味わっているリアルな感覚が、夢か現実か、区別は意外に曖昧なのだ。

この哲学的寓話では、蝶のイメージが効《き》いている。フワフワとした独特の飛び方。サナギという擬似的な死体から、飛翔体《しょうたい》が抜け出るという不思議な変身。古来、東西の文学において、蝶は、現実界と夢幻界のはざまを飛《ひ》ぶ霊魂のシンボルとして使われる。

『論語』はリンギョと読まれていた

日本では中世まで、漢文訓読は秘伝だった。例えば『論語《ろんご》』も、訓読のしかたや、意味の解釈は、京都の公家の学者の家が代々伝える門外不出の秘伝だった。高い入門料を払って学者の弟子とならねば、『論語』の訓読のしかたを教えてもらえなかったのだ。しかも先生から教わった内容を公開することは禁じられた。こうして日本では、『論語』が筆写本として細々と伝わる時代が長く続いた。学者の秘伝だった『論語』が日本で最初に一般公開されたのは、一三六四年の『正平版《しょうへいばん》論語』の出版まで待たねばならなかった。

十六世紀の戦国時代まで、日本で漢文の読み書きができるのは、公家や僧侶などごく一部の人間に限られた。

徳川家康が天下を統一し、江戸時代が始まると、状況はガラリと変わった。豊臣家を滅ぼした家康は、武器をしまって文化を学ぼう、という「偃武修文《えんぶしゅうぶん》」のスローガンのもと、漢文の学問を奨励した。それまで秘伝だった漢文訓読の知識は一般公開され、お金さえ出せば誰でも本屋で読みたい漢文の本を買える時代になった。今の私たちが見慣れている「レ点」や「一二点」、カタカナによる送りガナなどの訓点を、あらかじめ版木に彫り込んで印刷した漢文の本は、江戸時代から手軽に読めるようになったのである。

ただし江戸時代の漢文訓読は、今のものとは少し違っていた。まず、漢文の訓読のスタイルが統一されていなかった。訓読の送り仮名も意外と間違いが多かった。今のように文部科学省の検定教科書があったわけではない。昔の人はおおらかだったのだ。

『論語』というタイトルの読み方も、江戸時代には「リンギョ」や「ロンゴ」など本により違っていた。明治時代、学校教育が日本社会に普及し、当時の文部省が指導要領を作成してから、漢文の読み方や訓読の規則が、きちんと決められるようになった。

同一の漢文でも、解釈や個人の好みによって、訓読は微妙に変わる。例えば16頁「西出陽関無故人」の訓読は本によって「西のかた陽関を出でなば故人無からん」「西、陽関を出づれば故人無からん」「西して陽関を出づれば故人無し」など、いろいろあるが、どれも正しい。

本書で採用した訓読は、ありうる訓読の一つにすぎない。

春夜《しゅんや》桃李園《とうりえん》に宴《うたげ》するの序《じょ》　李白《りはく》（七〇一～七六二）

夫《そ》れ天地《てんち》は
万物《ばんぶつ》の逆旅《げきりょ》にして、
光陰《こういん》は
百代《ひゃくだい》の過客《かかく》なり。
而《しか》して浮生《ふせい》は夢《ゆめ》の若《ごと》し、
歓《かん》を為《な》すこと幾何《いくばく》ぞ。
古人《こじん》燭《しょく》を秉《と》りて夜《よる》に遊ぶ、
良《まこと》に以《ゆえ》有《あ》るなり。

夫レ天地者
万物之逆旅ニシテ、
光陰者
百代之過客ナリ。
而シテ浮生ハ若シレ夢ノ、
為スコトレ歓ヲ幾何ゾ。
古人秉リテレ燭ヲ夜ニ遊ブ、
良ニ有ルレ以也。

況《ンヤ》陽春召《クニ》レ我《ヲ》
以《テシ》二煙景《ヲ》一、
大塊仮《スニ》レ我《ニ》
以《テスルヲヤ》二文章《ヲ》一。

況《いわ》んや陽春《ようしゅん》我《われ》を召《まね》くに
煙景《えんけい》を以《もっ》てし、
大塊《たいかい》我《われ》に仮《か》すに
文章《ぶんしょう》を以《もっ》てするをや。

そもそも天地とは、万物が泊まる旅館であり、時間とは、さまざまな時代を過ぎてゆく旅人である。人生は夢のごとく短い。楽しめる時間はどれほどか。昔の人々が、夜、手に燭《しょく》をとり、寝る間も惜しんで風流の遊びにふけったのは、もっともなことだ。まして、春の好時節は薄霞《うすかす》む美しい景

色で私を誘い、大自然は私に文学の才能を貸し与えてくれたのだ。遊ばぬわけにはゆかない。

流麗《るれい》な対句を多用した美文調の文体「駢儷文《べんれいぶん》」の名作。昔の貴族は、よく「曲水《きょくすい》の宴《えん》」を催した。庭園の人工の小川に、美酒を注いだ杯《さかずき》を浮かべて流し、杯が自分の前を通るまでに詩を作り、作れねば「罰杯」としてその酒を飲む、という優雅な遊びである。この序文は、春の夜の宴遊《えんゆう》のために李白《りはく》が書いた序文。松尾芭蕉の『おくのほそ道』の冒頭部「月日は百代《はくたい》の過客《くわかく》にして、行かふ年も又旅人也」は、この美文をふまえる。

第2章　覆水盆に返らず——故事成語から考える

覆《ふく》水《すい》収《おさ》め難《がた》し

『野《や》客《かく》叢《そう》書《しょ》』

覆《ふく》水《すい》収《おさ》め難《がた》し

覆水難シレ収メ

太公望（呂尚）

52

――こぼれた水は、もとにおさめがたい。

「覆水、盆に返らず」の故事。太公望《たいこうぼう》は、本名を呂尚《りょしょう》と言った。長年、就職口に恵まれぬまま年を取り、妻もあきれて家を出た。後に、呂尚は文王《ぶんおう》に見いだされ、一国の大臣になった。すると元妻が復縁を求めてきた。呂尚は、盆の中の水を床にこぼし「この水を元通り盆に戻せたら、復縁してやろう」と言い、復縁を拒絶した。

これと同様のことわざは、『漢書《かんじょ》』朱買臣《しゅばいしん》伝や『後漢書《ごかんじょ》』何進《かしん》伝にも出てくる。呂尚の話とするのは四世紀の小説集『拾遺記《しゅういき》』からとされる。史実とは思われないが、たしかに、この説話の主人公としては、中高年中途採用者の希望の星である呂尚のキャラがふさわしい。

逆に、引き裂かれた男女の仲が元通りになるという意味の故事成語「破鏡《はきょう》重円《じゅうえん》」(二つに割れた鏡の断片がもう一度組み合わさり、丸くなる、という意味)もある。

苛《か》政《せい》は虎《とら》よりも猛《もう》なり　『礼《らい》記《き》』

苛《か》政《せい》は虎《とら》よりも猛《もう》なり。

苛政ハ猛二於虎ヨリモ一也。

朱雀・白虎・鋪首
銜環画像（一部）

『礼記《らいき》』

儒教の経典《けいてん》である五経《ごきょう》の一つ。周《しゅう》から漢《かん》にかけて儒学者がまとめた礼に関する書物を、漢の学者・戴聖《たいせい》が編纂したもの。四十九編。五経には他に「易経《えききょう》」「書経《しょきょう》」「詩経《しきょう》」「春秋《しゅんじゅう》」がある。

――残酷な政治は、虎よりも獰猛《どうもう》である。

孔子《こうし》が弟子を連れて出かけた。泰山《たいざん》の近くを通りかかると、婦人が墓の前で泣いていた。孔子がたずねると、婦人は「私の義父と夫は虎に食い殺され、今度は息子まで虎に殺されたのです」と言った。孔子が「なぜこの土地を引っ越さないのですか」と訊《き》くと「税金が安いからです」と答えた。孔子は弟子たちにむかって「よく覚えておきなさい。残酷な政治は、虎よりも獰猛なのだ」と言った。

以下、悪政を表す漢語の一部を紹介する。「苛政《かせい》」は、役人の横暴や重税で民が苦しむ苛烈な悪政。「秕政《ひせい》」「粃政」は、為政者が不誠実かつ無能で中身のない悪政。「秕」も「粃」も、意味は「しいな」(皮ばかりで実の中身がない粗悪《そあく》な穀物)。「剝地皮《はくちひ》」(地の皮を剝《は》ぐ)は、役人が賄賂《わいろ》や不正収入で、地元の富を根こそぎ収奪《しゅうだつ》すること。

多岐《たき》亡羊《ぼうよう》

列子《れっし》（前四〇〇年前後）

大道《だいどう》は多岐《たき》を以《もっ》て羊《ひつじ》を亡《うしな》い、
学者《がくしゃ》は多方《たほう》を以《もっ》て生《せい》を喪《うしな》う。

大道ハ以テ二多岐ヲ一亡ヒレ羊ヲ、
学者ハ以テ二多方ヲ一喪フレ生ヲ。

羊（画像石）

大きな道が細かく枝分かれすると、逃げた羊を見失う。学者は専門の細分化によって、活力を失う。

「亡羊《ぼうよう》の嘆《たん》」の寓話。昔、ある家で、家畜の羊が逃げた。家人は手分けして追いかけたが、太い道はどんどん細かく枝分かれして、とうとう羊を見失った。隣《となり》に住んでいた学者の楊子《ようし》は「学問の細分化と同じだ」と嘆いた。後世「専門化・細分化が進みすぎて、かえって本質的な真理がわからなくなってしまうこと」または「進路や方針の選択肢が多すぎて、どれを選ぶべきか途方にくれること」を「多岐亡羊」と言うようになった。

羊は、意義や目的の暗喩である。良い意味の漢字「善、義、美、祥」は「羊」を含む。

科学も宗教も商売も遊びも、スペシャリストの専門知識だけだと、細分化の罠《わな》にはまる。自分の立ち位置がわかる地図をもつため、ゼネラリストの教養も身につける必要がある。

恒産《こうさん》無《な》ければ恒心《こうしん》無《な》し　孟子《もうし》（前三七二頃～前二八九）

民《たみ》の若《ごと》きは則《すなわ》ち
恒産《こうさん》無《な》ければ、
因《よ》りて恒心《こうしん》無《な》し。

若《キハ》レ民《ノ》則《チ》
無《ケレバ》二恒産一、
因《リテ》無《シ》二恒心一。

孟子（台北故宮博物院蔵）

孟子《もうし》

戦国時代の思想家。孔子の孫の子思《しし》の門人に学び、のちに諸国を周遊して王道・仁義を説き、儒教の伝道を果たした。人間の本性を善とする「性善説」を説いたことで有名。その言葉をまとめた『孟子』は、『大学』『中庸』『論語』と合わせて「四書《ししょ》」として、儒教の経典として尊ばれた。

庶民は、もし安定した収入がなくなると、安定した心を持てなくなる。

孟子の「恒産無くして恒心無し」「衣食足りて礼節を知る」の思想である。孟子は熱心に「仁義」を説いたが、空疎《くうそ》な精神論者ではなかった。彼は「定収入がなくても平常心を保てるのは、士《し》（教養人階層）だけだ。民《たみ》（庶民階層）は、定収入がないと不安になり、投げやりの人生を送るようになる。もし為政者が、民の最低限の生活を保障せず、民が犯罪者になるのを待って彼らを逮捕するなら、それは政治ではなく、民を網にかける悪辣《あくらつ》な行為だ」という主旨の主張をした。

孟子の思想は、当時としては進歩的だった。そのため長いあいだ為政者から敬遠されたが、十一世紀、宋の時代に再評価され、後世、孔子に次ぐ「亜聖《あせい》」とされた。孟子の子孫は各地で繁栄した。日本の赤穂《あこう》浪士の一人、武林唯七《たけばやしただしち》も、孟子の遠い子孫である。

古人《こじん》の糟魄《そうはく》　荘子《そうし》（前三六九～前二八六頃）

君《きみ》の読《よ》む所《ところ》は、
古人《こじん》の糟魄《そうはく》のみ。

君之所レ読ム者、
古人之糟魄已夫。

――あなたが読んでいる本は、古人の残りかすにすぎません。

『荘子《そうじ》』の寓話。ある日、斉《せい》の桓公《かんこう》が、古代の聖人の書物を読んでいた。車輪作りの老職人が「古人の残りかすを、お読みなのですね」と言った。桓公が怒ると、老職人は言った。「木を削《けず》って車輪を作るときの微妙な手加減は、言葉や文字では表せません。口で言えないところに、本当のコツがあるのです。私も、自分の技《わざ》の神髄は、墓場まで持ってゆくしかありません。いにしえの聖人の教えも、同じことです」

「糟魄」は「残りかす」の意で、今は「糟粕」と書くのが普通。精米したあとの白い残りかすを「粕」と書き、死体の肉が腐りおちて残った白骨を「魄」と書いた。「魄」は転じて、人体を動かす霊的なエネルギーも指すようになった。もし「古人の糟粕」と書き換えると、原典の字面《じづら》の鬼気迫る感じが失われる。「古人の糟魄」と書くほうがよい。

鄭人《ていひと》履《くつ》を買《か》う　韓非《かんぴ》（前二八〇頃～前二三三）

人曰《ひとい》わく「何《なん》ぞ之《これ》を試《こころ》みるに足《あし》を以《もっ》てせざる」と。
曰《い》わく「寧《むし》ろ度《ど》を信《しん》ずるも、自《みずか》ら信《しん》ずる無《な》し」と。

人曰《ハク》「何《ゾ》不《ルト》二試《ミルニ》レ之《ヲ》
以《テセ》レ足《ヲ》。」
曰《ハク》「寧《ロ》信《ズルモ》レ度《ヲ》、
無《シト》二自《ラ》信《ズル》一也。」

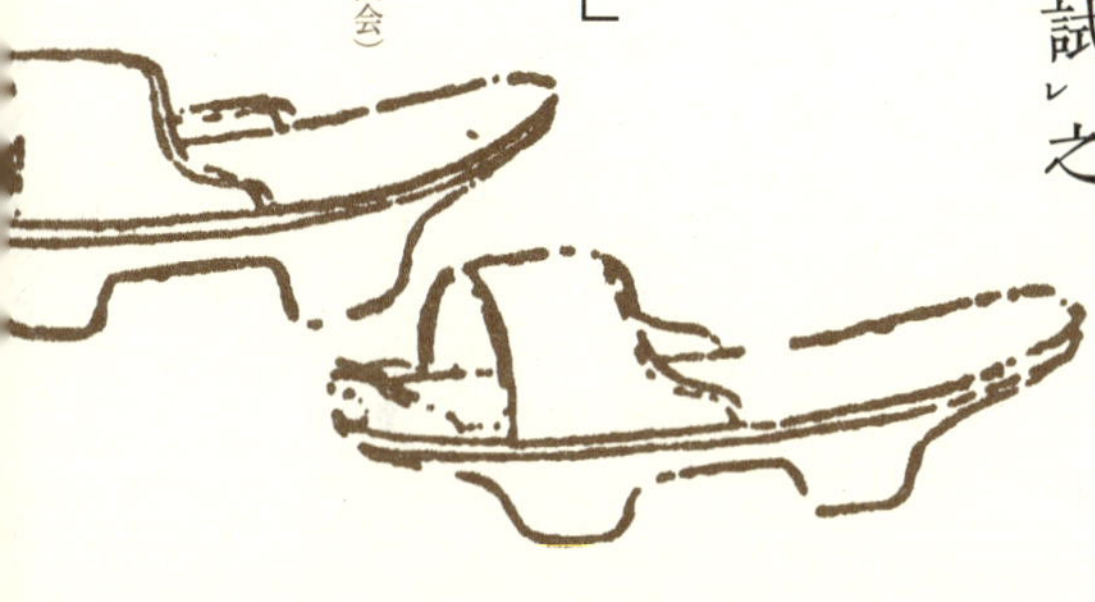

屐（三才図会）

韓非《かんぴ》

『韓非子《かんぴし》』の著者。旧称は「韓子《かんし》」であったが、宋《そう》以後、韓愈《かんゆ》（尊称は韓子）と区別して韓非子《かんぴし》と呼ばれる。戦国時代の韓の王族で法家の代表的学者。秦の李斯《りし》とともに荀子《じゅんし》に学んだ。のちに始皇帝に認められて秦に仕えたが、李斯の陰謀で自殺を強要された。『韓非子』は君主の政治の方法を論じた書。悪の帝王学、東洋のマキャベリズムの書として有名。

ある人が「自分の足で実際に靴を履《は》いてみればよかったのに」と聞くと「メモ書きは信用できるけど、自分は信用できないよ」と答えた。

『韓非子《かんぴし》』に載せる寓話。鄭《てい》の国の人が、靴を買おうと思った。あらかじめ自分の足のサイズを測ってメモを作成し、市場に行ったが、そのメモを家に忘れた。メモを取りに帰って市場に戻ると、店はすでに閉まっていた。ある人が――（以下、右の意訳）

自信がない人は何もできない。肩書き入りの名刺を忘れると、自己紹介もできない。事前に書いた原稿を読みながらでないと、演説もできない。そんな人々を諷刺《ふうし》する寓話である。

平成二十年八月、ギャグ漫画家の赤塚不二夫《あかつかふじお》氏の葬儀で、お笑いタレントのタモリ（森田一義《もりたかずよし》氏）は、広げた紙を見ながら、八分間に及ぶ弔辞を朗々と読み上げた。その紙は白紙だった。恩人を一流のギャグで送ったわけだが、「自信」がなければ不可能な技だった。

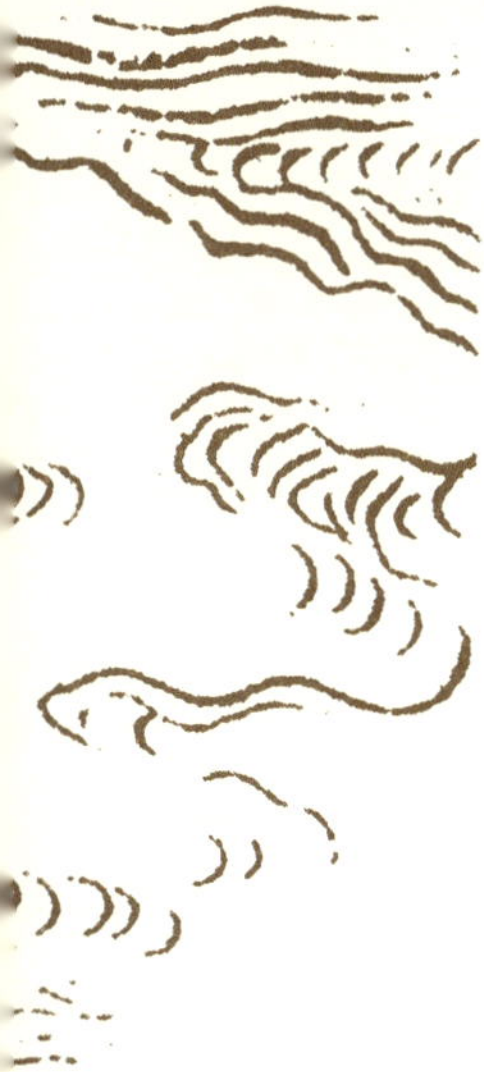

上善《じょうぜん》は水《みず》の若《ごと》し　老子《ろうし》（前五世紀頃）

上善《じょうぜん》は水《みず》の若《ごと》し。
水《みず》は善《よ》く万物《ばんぶつ》を利《り》して争《あらそ》わず、
衆人《しゅうじん》の悪《にく》む所《ところ》に処《お》る。
故《ゆえ》に道《みち》に幾《ちか》し。

上善ハ若レシ水ノ。
水ハ善ク利シテ二万物ヲ一而不レ争ハ、
処ル二衆人之所ニレ悪ム。
故ニ幾シ二於道ニ一。

いちばんの善は、水みたいなものだ。水は、みんなの役に立つが、自己主張はせず、人が嫌う低い場所にいる。だから「道」に近い存在と言える。

『老子』は、現実的な処世術《しょせいじゅつ》としても読める。水のように無形で柔軟、謙譲の態度で立ち回れば、堅固で強大な相手にも最終的に勝てる、というのが「老子の兵法《へいほう》」の神髄《しんずい》である。『老子』の他の箇所でも「柔弱は剛強に勝つ」「長江や海が『百谷の王』である理由は、陸地より低い位置に甘んじ、天下の水が集まるからである」「この世で水より柔弱なものはない。しかし堅強なるものを攻めるうえで、水にまさるものはない」といった主旨が述べられている

よく誤解されているが、「柔よく剛を制す（柔能制剛《じゅうのうせいごう》）」という言葉の出典は『老子』ではなく、兵法書『三略《さんりゃく》』である。『三略』では、「柔弱」を「剛強」より高く評価しつつも、純粋に柔弱だと国の領土が削られるので、柔と剛の使い分けを上《じょう》策《さく》とする。

一葉《いちよう》の落《お》つるを見《み》て　『淮《え》南《なん》子《じ》』

一葉《いちよう》の落《お》つるを見《み》て、
歳《とし》の将《まさ》に暮《く》れなんとするを知《し》り、
瓶中《へいちゅう》の氷《こおり》を睹《み》て、
天下《てんか》の寒《さむ》きを知《し》る。
近《ちか》きを以《もっ》て遠《とお》きを論《ろん》ずるなり。

見《テ》二一葉《ノ》落《ツルヲ》一、
而知《リ》二歳之将《ニ》レ暮《レナント》《ルヲ》、
睹《テ》二瓶中之氷《ヲ》一、
而知《ル》二天下之寒《キヲ》一。
以《テ》レ近《キヲ》論《ズルナリ》レ遠《キヲ》。

雙鳳闕画像磚（一部）

葉が一枚、落ちるのを見れば、歳末が近づいていることがわかる。かめの中の水が氷っているのを観察すれば、天下の寒さを知ることができる。身近で小さな現象を観察すれば、将来の遠大な変動を予測することができる。

出典は『淮南子』。日本語ではまとめて「一葉落ちて天下の秋を知る」と言う。

江戸時代の農政家だった二宮金次郎《にのみやきんじろう》は、ある年の初夏、茄《な》子《す》を食べたところ、秋茄子の味がした。「今年は冷夏になる」と予測した彼は、村人たちに、冷害に強いヒエを植えさせた。その直後、天保《てんぽう》の大飢饉《だいききん》が始まった。彼の村からは一人の餓死者も出なかった。

一九二九年、アメリカのある相場師（ケネディ大統領の父親説あり）は、靴磨《みが》きの少年が得意げに株投資の話をするのを見て、世界大恐慌の到来を予知し、破産を免れた。

頭の良い人は、一切れの茄子や、子供のおしゃべりからも、未来を予知するのである。

『淮南子《えなんじ》』

前漢《ぜんかん》の淮南《わいなん》王 劉安《りゅうあん》（前一七九～前一二二）が学者を集めて編纂させた思想書。二十一巻。日本には奈良時代頃とかなり古くに伝来したため、漢音の「わいなんし」ではなく、呉音《ごおん》で「えなんじ」と読むのが一般的。無《む》為《い》自然《しぜん》を尊ぶ道家《どうか》思想を中心に、儒家《じゅか》・法家・陰陽家《いんようか》の思想が収められている。

桃《とう》李《り》　言《ものい》わざれども　『史《し》記《き》』

桃《とう》李《り》　言《ものい》わざれども、
下《した》自《おのずか》ら蹊《こみち》を成《な》す。

桃　李　不《レドモ》レ言《ハ》、
下　自《ラ》　成《ス》レ蹊《ヲ》。

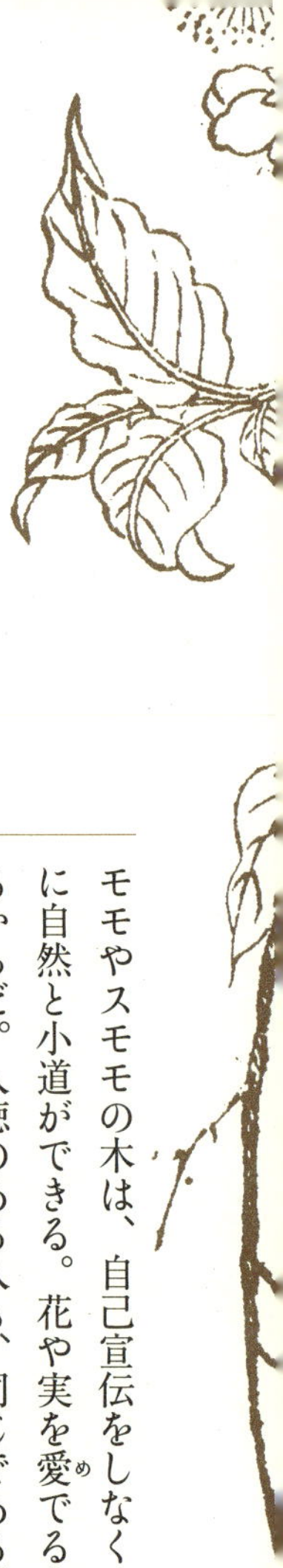

モモやスモモの木は、自己宣伝をしなくても、その木の下に自然と小道ができる。花や実を愛《め》でる人々が集まってくるからだ。人徳のある人も、同じである。

『史記』の作者司馬遷《しばせん》が、同時代の軍人、李広《りこう》を評した言葉。李広は部下思いの名将で、武勇にもすぐれていた。ある日、狩りの最中に虎を見つけ、矢で射た。矢は深く刺さった。よく見ると、虎と見えたのは大きな石だった。試しにもう一度、石に矢を射たが、矢は二度と刺さらなかった。この、李広の「石に立つ矢」の故事は有名だが、事実か否かは疑わしい。李広は晩年、年下の上司の不手際のせいで軍隊の進撃ルートに迷い、責任を問われた。彼は取り調べの恥辱《ちじょく》より、自決を選んだ。天下の人々は李広の死に涙した。

ちなみに芥川龍之介は『侏儒《しゅじゅ》の言葉』で、この漢文の成語の訓読は「言わざれども」ではなく、実は「言わざれば」（言わないので）である、と鋭い洞察を述べている。

渾沌《こんとん》　荘子《そうし》（前三六九〜前二八六頃）

日《ひ》に一竅《いちきょう》を鑿《うが》つに、
七日《なのか》にして渾沌死《こんとんし》せり。

日《ニ》鑿《ツニ》二一竅《ヲ》一、
七日《ニシテ》而渾沌死《セリ》。

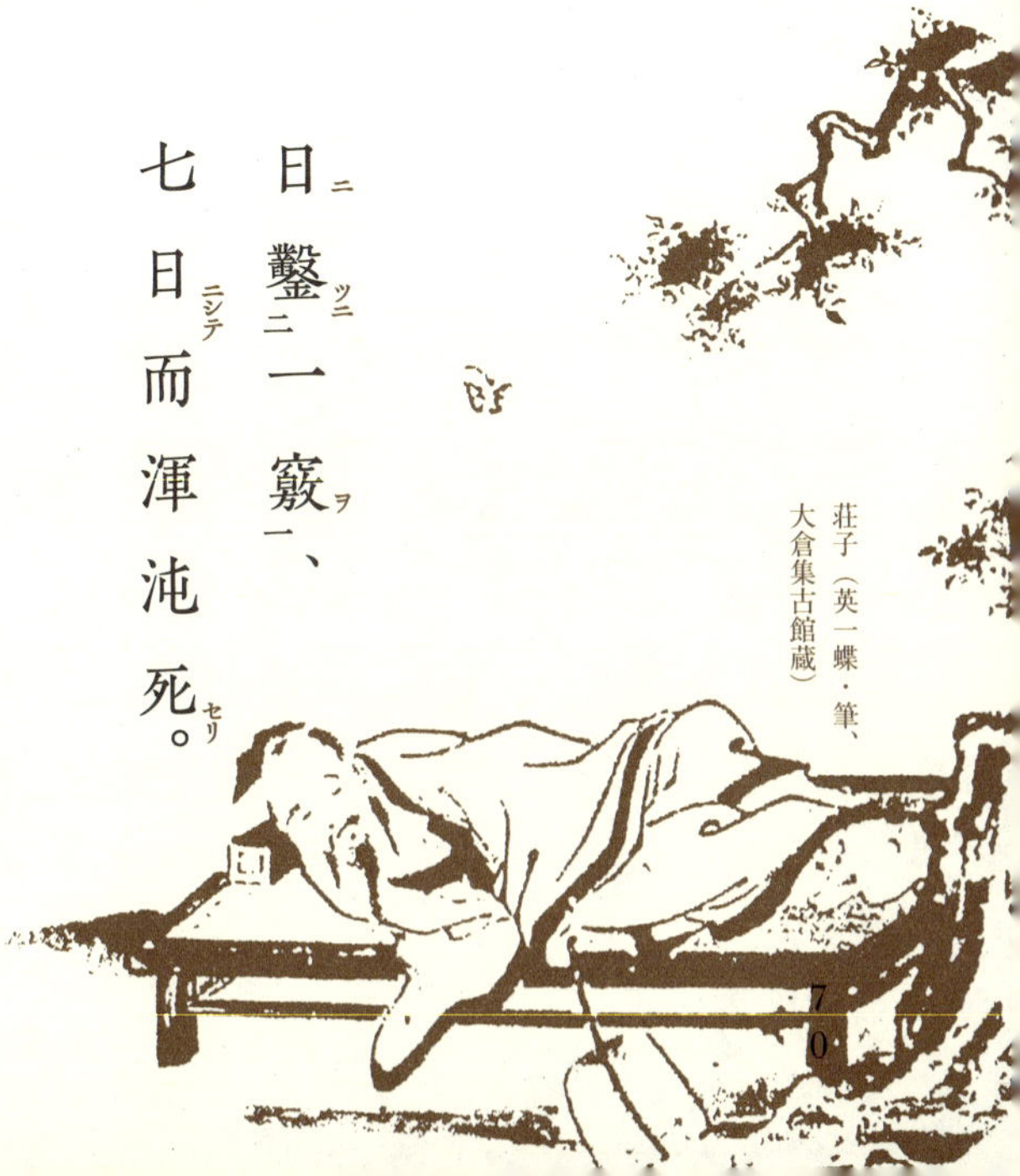

荘子（英一蝶・筆、大倉集古館蔵）

荘子《そうし》

荘周《そうしゅう》の尊称。戦国時代の思想家。孟子《もうし》と同時代に、老子の思想である「無為自然」を継承。『荘子』は荘周の著書。一般に人名と区別して「そうじ」と読むこともある。『老子《ろうし》』とともに中国古代の学説、道家《どうか》を代表する。日本の思想、文学にも影響を与えた。

毎日、一穴ずつあけてゆくと、七日目に渾沌《こんとん》は死んでしまった。

有名な「渾沌、七竅《しちきょう》に死す」の寓話。昔、シュッ、サッ、ドロドロという三人の神がいた。シュッとサッは「ドロドロ君の顔には、目も耳も鼻も口もない。穴をあけて作ってあげよう」と言い、毎日、一穴ずつあけた。七日目にドロドロは死んだ。

「渾沌」(ドロドロの意)は、ギリシアの原初神「カオス」にあたる中国神話の神である。古来、万物はみなドロドロしたものとして人間の前に立ち現れてきた。人間は「分析」を武器に、万物に対抗した。「判《わか》る」の語源は「分《わ》ける」(分析)である。科学の起源は、未知の化け物の正体を分析により暴くことで、その恐怖から解放されたいという人間の本能である。だが、未知がなくなれば、魅力も死ぬ。「魅」の字源は「未《いま》だ顔かたちがはっきりしない化け物」だ。六つ目の穴でやめておけば、渾沌の魅力も死なずにすんだろう。

朝三暮四は、移り気の意味!?

言葉は生きものである。時がたてば意味も変わる。そのため皮肉なことに、中国人より日本人のほうが漢文をかえって正確に読めるケースもある。

例えば「飲まんと欲して、琵琶《びわ》、馬上に催す」(86頁)を、中国人は「酒を飲もうとしたが、急に琵琶の演奏が始まってしまった」と誤読しやすい。現代中国語で「馬上(マーシャン)」は「すぐに」という意味の副詞だからだ。

また中国人は「朝三暮四《ちょうさんぼし》」という故事成語も誤解する。むかし、宋《そう》の狙公《そこう》が、飼っている猿たちに「トチの実を朝に三つ、暮れに四つ与えよう」と言うと、猿は怒った。そこで「朝に四つ、暮れに三つ与えよう」と言うと、猿たちは感謝して平伏した。『荘子《そうじ》』に載せるこの寓話から「愚かな人は目先の違いに気をとられ、本質に気付かないこと」「たくみな言葉で人をだますこと」を「朝三暮四」と言うようになった。

中国語にも「朝三暮四」という成語がある。が、その意味は「朝、ある女性が好きになったと思うと、暮れには別の女性が好きになるなど、移り気で態度が定まらないこと」である。日本語を学ぶ中国人は、日本語にも「朝三暮四」という言葉があることにビックリし、次に日本語を通して「朝三暮四」の本来の意味を知り「えっ、そういう意味だったの?」と二度驚くのが常である。

ときどき「しょせん日本人には、漢文の奥深い世界はわからない」と言う人がいる。が、普通の中国人も、漢文をスラスラ理解できるわけではないのである。

伊尹《いいん》の土功《どこう》　『淮南子《えなんじ》』

故《ゆえ》に伊尹《いいん》の
土功《どこう》を興《おこ》すや、
修脛《しゅうけい》なる者《もの》には
之《これ》をして钁《くわ》を跖《ふ》ましめ、
強脊《きょうせき》なる者《もの》には
之《これ》をして土《つち》を負《お》わしめ、
眇《すがめ》なる者《もの》には之《これ》をして準《じゅん》せしめ、
傴《せかがま》れる者《もの》には之《これ》をして塗《ぬ》らしむ。

故ニ伊尹之
興二ス土功一ヲ也、
修脛ナル者ニハ使二メ
之ヲシテ跖マレ钁ヲ、
強脊ナル者ニハ使二メ
之ヲシテ負ハレ土ヲ、
眇ナル者ニハ使二メ之ヲシテ準一セ、
傴レル者ニハ使二ム之ヲシテ塗一ラ。

いにしえの理想的な政治家であった伊尹《いいん》は、土木工事も見事だった。足の筋肉が強い者には、シャベルを踏んで地面を掘り起こす仕事を与えた。背中の筋肉が強い者には、掘り起こした土を運ぶ仕事をやらせた。片方の目が不自由な者には、片目をつぶって測量する仕事を担当させた。背中の曲がった者には、背をかがめて低い場所を塗る仕事を割り振った。

「伊尹の土功」は適材適所の極意《ごくい》を述べた寓話。伊尹の土木工事の現場では、障がいのある者もない者も、自分の個性を生かして、平等に生き生きと働くことができた。本当の福祉とは、ハンデのある人にもできる仕事を用意することではなく、ハンデのある人だからこそ適任である仕事を工夫して創出することなのかもしれない。私たちは現代版「伊尹の土功」の知恵をふりしぼり、障がい者と健常者が一緒に働ける職場環境を工夫すべきであろう。

小国寡民《しょうこくかみん》　老子《ろうし》（前五世紀頃）

隣国相望《りんごくあいのぞ》み、
鶏犬《けいけん》の声相聞《こえあいき》こゆるも、
民《たみ》は老死《ろうし》に至《いた》るまで
相往来《あいおうらい》せず。

隣国相望ミ、
鶏犬之声相聞コユルモ、
民ハ至ルマデ二老死ニ一、
不二相往来セ一。

隣国の生活の様子が見え、鶏や犬の声が聞こえるほど近くても、住民は年老いて死ぬまで、たがいに行き来しない。

戦争や社会格差など諸悪の根源は、人類の拡大欲にある。老子のユートピアは、無為自然《むいしぜん》の簡素生活である。小さい国、少ない人口、文明の利器や学問の放棄、粗衣粗食《そいそしょく》の簡素生活への復帰を実践し、隣国どうし住民が死ぬまで往来しないような「小国寡民」こそ理想郷だと老子は主張した。裏返すと、現実の中国人はこの逆だった。世界一の大人口、物財の膨《ぼう》張《ちょう》欲、試験や学歴による格差社会、美衣美食、華僑華人《かきょうかじん》の海外進出、……。

二十世紀までは、超高層ビルが林立するニューヨーク風の大都市がトレンドだった。二十一世紀は、お年寄りや子供が歩いてゆける範囲に商店街や病院をまとめる「コンパクトシティ」の町作りが見直されている。「小国寡民」の理想郷は、いまも魅力的である。

老子（陳賢・筆）

老子《ろうし》

周《しゅう》代の思想家。中国古代の諸子百家の一つ、道家《どうか》の祖で後に荘子《そうし》がその学を継いだ。自然のままを尊ぶ無《む》為自然《いしぜん》の「道」を唱えた。生没年は不詳。非実在説もある。

荊人《けいひと》、弓《ゆみ》を遺《おと》す　『呂氏春秋《りょししゅんじゅう》』

天下《てんか》は一人《ひとり》の天下に
非《あら》ずして、
天下の天下なり。（中略）
荊人《けいひと》に弓《ゆみ》を遺《おと》す者《もの》有《あ》りて、
肯《あえ》て索《もと》めず。
曰《い》わく「荊人之《けいひとこれ》を遺《おと》し、
荊人之《けいひとこれ》を得《う》。
又何《またなん》ぞ索《もと》めんや」と。

天下ハ非ズシテ二一人之
天下一也、
天下之天下也。（中略）
荊人ニ有リテ二遺スレ弓ヲ者一、
而不ニ肯テ索メ一。
曰ハク、荊人遺シレ之ヲ、
荊人得レ之ヲ。
又何ゾ索メンヤト焉。

孔子聞《キテ》レ之《ヲ》曰《ハク》、
去《ラバ》二其《ノ》荊《ヲ》一而可《ナラント》矣。
老聃聞《キテ》レ之《ヲ》曰《ハク》、
去《ラバ》二其《ノ》人《ヲ》一而可《ナラント》矣。

孔子《こうし》、之《これ》を聞《き》きて曰《い》わく
「其《そ》の荊《けい》を去《さ》らば可《か》ならん」と。
老聃《ろうたん》、之《これ》を聞《き》きて曰《い》わく
「其《そ》の人《ひと》を去《さ》らば可《か》ならん」と。

世界は誰か一人のためにあるのではない。世界は世界中の人々のためにあるのだ。むかし、荊《けい》の国の人が、森で弓をなくした。彼は言った。「探す必要はない。自分が落とした弓は、誰か別の人が拾って使うだろう。自分個人は損をしても、得する人がいれば、わが荊の国の経済全体で見ればトントンになる」。これを聞いて孔子《こうし》は言った。「惜しい。なぜ、わが国、にこだわるのか。人類はみな兄弟だ。弓を拾うのは誰でもいいじゃないか」。これを聞いた老子《ろうし》は言った。「惜しい。なぜ、人間にこだわるのか。土から木が生え、木から弓が作られ、弓がまた土にもどる。大自然のサイクルからはみださなければ、それでいいじゃないか」

大事なのは何か。一国の経済か、人類全体の幸福か、地球環境か。紀元前三世紀の漢文で早くもこのような問題が論じられているのは、驚異的である。

孔子と老子
（金石索）

『呂氏春秋《りょししゅんじゅう》』

戦国時代末期、秦《しん》の呂不韋《りょふい》の編による思想百科的な書。二十六巻。儒家や道家を中心に、名家・法家・墨家・農家・陰陽家など諸学派の思想を幅広く採用。天文暦学や音楽理論、農学理論など自然科学的な内容も充実している。呂不韋がこれを一字でも添削できた者には千金を与えようと言ったことが「一字千金《いちじせんきん》」の由来とされている。

第3章

独り釣る寒江の雪——名詩を味わう

鸛《かん》鵲《じゃく》楼《ろう》に登《のぼ》る　王《おう》之《し》渙《かん》（六八八〜七四二）

白日依リテレ山ニ尽キ
黄河入リテレ海ニ流ル
欲シレ窮メントニ千里ノ目ヲ一
更ニ上ル一層ノ楼

白日《はくじつ》山《やま》に依《よ》りて尽《つ》き
黄河《こうが》海《うみ》に入《い》りて流《なが》る
千里《せんり》の目《め》を窮《きわ》めんと欲《ほっ》し
更《さら》に上《のぼ》る一層《いっそう》の楼《ろう》

ギラギラと輝くあの太陽は、天空をジリジリと動き、やがて山の端で姿を消す。しかし、眼下を滔々《とうとう》と流れる雄大な黄河は、はるか東の海に流れ込んだあとも、黄色い濁流が巨大な剣のように青い海をつらぬき、はるか沖合まで流れ続けるという。私は千里先の光景を見極めるため、さらにもう一階、上へとのぼる。

最小限の字数に壮大な世界観を詠み込んだ叙景詩《じょけいし》。「白日依山尽」を「太陽の光が山際まで天空いっぱいに満ちている」と解釈する説もある。鸛鵲楼《かんじゃくろう》は「コウノトリの高層建築」の意。山西省の、コウノトリが群棲する黄河の中洲を見下ろす場所に立っていた。内陸部の山西省から海は見えない。「黄河入海流」は詩人の眼前の実景ではない。

大自然の壮大さ。それに圧倒されるどころか、逆に見極めようと一層の向上をねらうしたたかな自我。太陽、大河、自分のいずれもがエネルギッシュに動き続けている。

敕勒《ちょくろく》の歌《うた》

無名氏

敕勒《ちょくろく》の川《かわ》　陰山《いんざん》の下《ふもと》
天《てん》は穹廬《きゅうろ》に似《に》て
四野《しや》を籠蓋《ろうがい》す
天《てん》は蒼蒼《そうそう》たり　野《の》は茫茫《ぼうぼう》たり
風《かぜ》吹《ふ》き草《くさ》低《た》れて牛羊《ぎゅうよう》見《あらわ》る

敕勒ノ川　陰山ノ下
天ハ似テ二穹廬ニ一
籠‐蓋ス二四野ヲ一
天ハ蒼蒼タリ　野ハ茫茫タリ
風吹キ草低レテ見ル二牛羊一

テュルク人の世界は、川が流れる広大な草原、陰山《いんざん》山脈のふもと。天はドーム型のテントのように、四方の大地におおいかぶさっている。空は青青、野は茫々。風が吹いて草がなびくと牛や羊が見える。

万里の長城より北の、遊牧民族の原郷の生活を歌った漢詩。彼らの民族名「テュルク」の発音に、中国人は「丁零《ていれい》」「勅勒」「鉄勒《てつろく》」「突厥《とっけつ》」などの漢字をあてて表記した。騎馬民族であったテュルク人は、馬を駆りつつユーラシア大陸の東西に広がった。西遷した一派はトルコ人（原語はテュルク）となった。南下して中国人と同化した一派は、都市生活を送るようになったあとも、祖先のプライドを守り、はるか北の民族の原郷をなつかしんだ。この詩は、北方遊牧民族の言葉でうたわれていた民謡を、六世紀に、北斉《ほくせい》の軍人・斛律金《こくりつきん》が漢詩に訳したもの。

涼州詞《りょうしゅうし》　王翰《おうかん》（六八七頃〜七二七頃）

葡萄《ぶどう》の美酒《びしゅ》夜光《やこう》の杯《はい》
飲《の》まんと欲《ほっ》して琵琶《びわ》馬上《ばじょう》に催《もよお》す
酔《よ》うて沙場《さじょう》に臥《ふ》すとも
君笑《きみわら》うこと莫《な》かれ
古来征戦幾人《こらいせいせんいくにん》か回《かえ》る

葡萄《ノ》美酒夜光《ノ》杯
欲《シテ》レ飲《マント》琵琶馬上《ニ》催《ス》
酔《ウテ》臥《ストモ》二沙場《ニ》一君莫《カレ》レ笑《フコト》
古来征戦幾人《カ》回《ル》

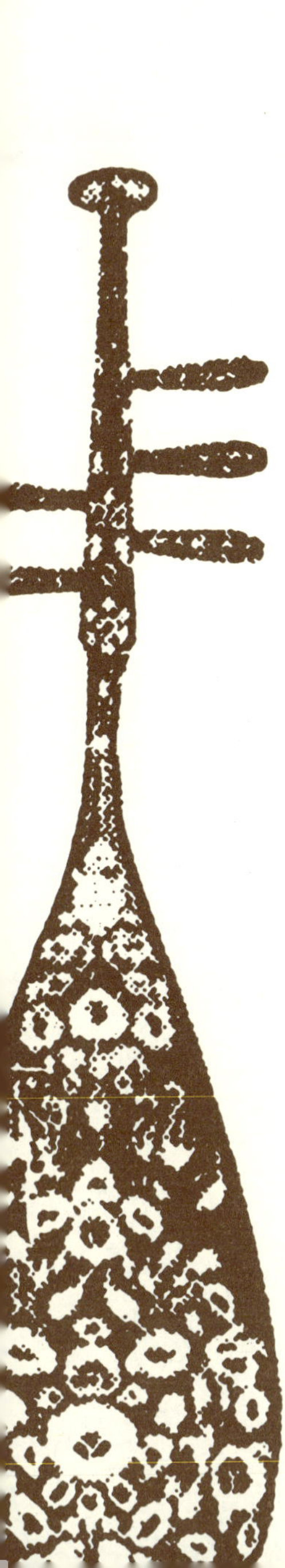

琵琶・阮咸（正倉院蔵）

シルクロードの名物、葡萄の美酒と、夜光玉で造ったグラスの盃《さかずき》。飲もうとすると、誰かが馬の上でかなでる琵琶《びわ》の音色が聞こえてきた。酔いつぶれたまま戦場に倒れることになっても、どうか笑わないでくれ。古来、遠征から無事に帰れた者は、何人もいないのだから。

涼州《りょうしゅう》はシルクロードへの出入口にあった軍事都市。現在の甘粛省《かんしゅくしょう》にある。昔、シルクロードを防衛するため中国本土から派遣された漢民族の兵士たちは、涼州の地を経由して、異境の最前線におもむいた。兵士の多くは、あるいは戦闘や疫病で倒れ、あるいは現地で老いを迎え、生きてふたたび故郷に戻ることはできなかった。葡萄や琵琶など、西域の文物がシルクロード経由で中国に伝わった裏には、無名の兵士たちの存在があった。

漢語「沙場《さじょう》」は、砂漠（本来の表記は「沙漠」）ではなく「戦場」の意である。

楽《らく》遊《ゆう》原《げん》　李《り》商隠《しょういん》（八一三～八五八）

晩《くれ》に向《なんな》んとして意適《こころかな》わず
車《くるま》を駆《か》って古原《こげん》に登《のぼ》る
夕陽《せきよう》無限《むげん》に好《よ》し
只《た》だ是《こ》れ黄昏《こうこん》に近《ちか》づく

向レ晩ントシテニ意不レ適ハ
駆レツテ車ヲ登ル二古原ニ一
夕陽無限ニ好シ
只ダ是レ近ヅク二黄昏ニ一

夕暮れどき、気分がブルーになった。馬車を駆《か》り、郊外の古い高台にのぼった。夕日は無限にすばらしい。刻々とたそがれてゆく。

マジックアワーという言葉がある。写真家や映画監督が使う用語で、夕日が地平線に沈《しず》んだあと、空がまだ明るい三十分たらずの時間を指す。この時間帯に写真や映画を撮《と》ると、人も物も、オレンジがかった黄金の光につつまれ、美しく見える。一人の人間の老年期にも、一つの時代の終わりにも、このような魔法の時間帯がある。李商隠は唐《とう》の時代の後期に生を享《う》けた。大唐帝国の衰亡《すいぼう》は動かしようがなかった。時代の閉塞感のなか、彼は長安《ちょうあん》の都の郊外にあった楽遊原にのぼった。世界も自分も、マジックアワーの栄光に輝く。終末の予兆のなか、彼はひたすら爛熟《らんじゅく》と頽廃《たいはい》の美に耽《ふけ》るのだった。

贈別《ぞうべつ》　杜牧《とぼく》（八〇三〜八五二）

多情《たじょう》は却《かえ》って似《に》たり
総《すべ》て無情《むじょう》なるに
惟《た》だ覚《おぼ》ゆ　罇前《そんぜん》
笑《わら》いの成《な》らざるを
蠟燭《ろうそく》　心《こころ》有《あ》りて
還《ま》た別《わか》れを惜《お》しみ
人《ひと》に替《かわ》って涙《なみだ》を垂《た》れて
天明《てんめい》に到《いた》る

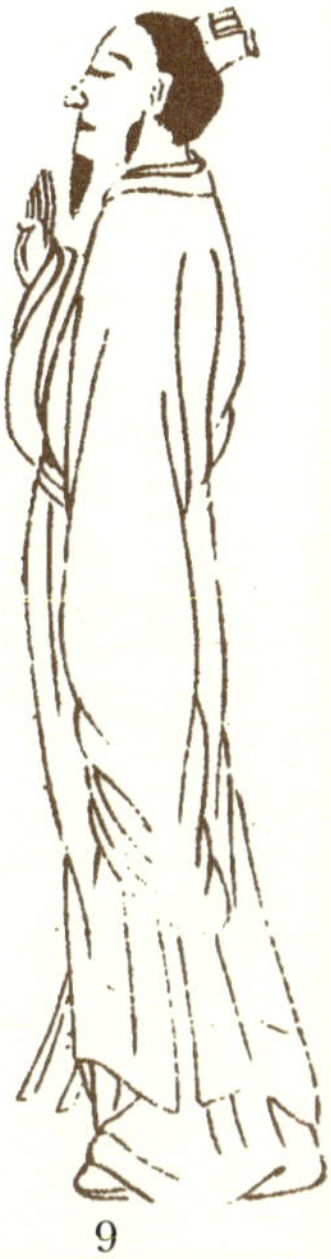

多情ハ却ッテ似タリ総テ無情ナルニ
惟ダ覚ユ罇前笑ヒノ不ルヲレ成ラ
蠟燭有リテレ心還タ惜シミレ別レヲ
替ッテレ人ニ垂レテレ涙ヲ到ル二天明ニ一

胸がいっぱいのときは、かえって人の顔は無表情になってしまう。こよいの別れの酒席で、せめて微笑《ほほえ》みたいけれど、どうしても笑顔になれない。このキャンドルには、まるで心があるようだ。私たちにかわって、朝までずっと、惜別《せきべつ》の熱い涙を流してくれる。

惜別の詩。杜牧は二面性の詩人だった。政治や軍事に精通した剛直《ごうちょく》な文人官僚の顔と、ローティーンの美少女に耽溺《たんでき》する風流才子《さいし》の顔を、あわせもっていた。この詩は、数え十三歳（満年齢なら十二歳ほど）のあどけない妓女《ぎじょ》に贈った詩二首のうちの、後半の一首。前半の詩では、彼女の美しさを、早春の豆の木のつぼみに喩《たと》えて詠《うた》っている。骨太の詠史《えいし》詩「烏江《うこう》亭《てい》に題《だい》す」（146頁）と同一の作者とは、とても思えない。

当時の蠟燭《ろうそく》は、蜂の巣を材料にした高価な明かりで、燃やすと甘く上品な蜜の香りが広がった。この詩では、蠟燭の芯《しん》を「心」に、溶けて垂れる蠟《ろう》を涙に喩えている。

楓《ふう》橋《きょう》夜《や》泊《はく》　張継《ちょうけい》（生没年不詳。八世紀頃）

月《つき》落《お》ち烏《からす》啼《な》いて霜天《しもてん》に満《み》つ
江楓漁火《こうふうぎょか》愁眠《しゅうみん》に対《たい》す
姑蘇《こそ》城外《じょうがい》の寒山寺《かんざんじ》
夜半《やはん》の鐘声客船《しょうせいかくせん》に到《いた》る

月落チ烏啼イテ霜満ツレ天ニ
江楓漁火対ス二愁眠ニ一
姑蘇城外ノ寒山寺
夜半ノ鐘声到ル二客船ニ一

晩秋の夜。月は落ち、烏が鳴き、霜が夜空に満ちている。漆黒《しっこく》の闇に沈む川岸のフウの木々の影と、明々《あかあか》と燃える漁《いさ》り火が、私の旅愁《りょしゅう》をかきたてる。眠れない。古都・蘇州《そしゅう》の郊外にある名刹《めいさつ》、寒山寺《かんざんじ》。その夜中を告げる鐘の音が、私が泊まっている船にも聞こえてきた。

眠れぬ夜をテーマにした「愁眠《しゅうみん》」の詩の名作。政治家で詩人でもあった張継《ちょうけい》が、中国の南北を結ぶ大運河を船で旅する途中、蘇州郊外で詠《よ》んだもの。楓橋《ふうきょう》は地名。漢文の「楓」は、マンサク科の落葉高木「フウ」を指す。日本語では「楓」をカエデと読むが、フウとカエデは別種の植物である。寒山寺は、伝説の風狂僧「寒山」が寓居したことで有名な寺院。寒い山にある寺、という意味ではないが、この字面は詩情とマッチしている。この詩は中国よりむしろ日本で人気があり、掛け軸などでもよく見かける。

静《せい》夜《や》思《し》　李《り》白《はく》（七〇一〜七六二）

牀前月光《しょうぜんげっこう》を看《み》る
疑《うたが》うらくは是《こ》れ地上《ちじょう》の霜《しも》かと
頭《こうべ》を挙《あ》げて山月《さんげつ》を望《のぞ》み
頭《こうべ》を低《た》れて故郷《こきょう》を思《おも》う

牀前看ル二月光ヲ一
疑フラクハ是レ地上ノ霜カト
挙ゲテレ頭ヲ望ミ二山月ヲ一
低レテレ頭ヲ思フ二故郷ヲ一

李白《りはく》

盛唐の大詩人。若いころは諸国を旅していたが、四十二歳のときに才能を認められて宮中に入った。杜甫《とほ》と並んで中国を代表する詩人であったが、その作風は相反していた。杜甫の「詩《し》聖《せい》」に対して「詩仙《しせん》」と称され、長編の古詩を得意とし、また絶句《ぜっく》に秀でていた。豪放かつ奔放な性格で筆の運ぶのにまかせて、作品が生まれるという天才肌の詩人だった。奔放な性格で、酒好きだったため「酒仙《しゅせん》」とも言われる。

ベッドの前の月の光を見る。まるで地上の霜のようだ。頭をあげて、山の月をながめる。頭を垂れて、遠い故郷を思う。

旅愁と望郷の思いを詠《うた》った名作。「牀《しょう》」は「床」の異体字で「ベッド」の意。古代の中国人は、床のざぶとんにすわる生活を送っていたが、唐《とう》の時代から椅子とベッドの生活に移行した。「牀」には「井桁《いげた》」（井戸の縁《ふち》の木枠《きわく》。上から見ると井の字の形に見える）の意もある。井戸のまわりに真っ白な月の光が射す光景と解釈する人もいる。「地上の霜」は、「霜柱が立つ」ことではなく、「霜が降りる」こと。夜、空気中の水蒸気が水滴の段階を経《へ》ずに直接、氷の微小な結晶となり、粉雪のようにうっすらと地面をおおう状態を指す。この詩の字句は本によって異同がある。現代中国人は、第一句と第三句をそれぞれ「牀前明月光」「挙頭望明月」と暗誦《あんしょう》しているが、これは後世の改作である。日本では原詩のバージョンのほうが定番である。

幽州《ゆうしゅう》の台《だい》に登《のぼ》る歌《うた》　陳《ちん》子《す》昂《ごう》（六六一頃〜七〇二頃）

前《まえ》に古人《こじん》を見《み》ず
後《しりえ》に来者《らいしゃ》を見《み》ず
天地《てんち》の悠悠《ゆうゆう》たるを念《おも》い
独《ひと》り愴然《そうぜん》として涕下《なみだくだ》る

前《ニ》不レ見二古人《ヲ》一
後《ニ》不レ見二来者《ヲ》一
念《ヒ》二天地之悠悠《タルヲ》一
独《リ》愴然《トシテ》而涕下《ル》

前を見ても昔の人はいない。後ろを見ても未来の人はいない。無限の時空の中で、たった一人の自分が、いまここにいる。しめつけられるような思いに、自然と涙が出る。

孤高の自我を質実な詩風で詠《よ》んだ詠懐詩《えいかいし》の名作。作者の陳子昂は、若いころは不良少年で、読み書きもろくにできなかったが、その後一念発起して勉学に励み、超難関の科挙《かきょ》の試験に合格して役人となった。その才能は、武則天《ぶそくてん》（則天武后《そくてんぶこう》）に認められたほどだった。しかし硬骨漢《こうこつかん》であった陳子昂は、たびたび政道や上司を批判したため、周囲と衝突し、出世コースからはずされ、最後は無実の罪を着せられて獄死した。

この詩は、陳子昂が北方征伐軍に参加し、現在の北京郊外にあった古城の高台に登ったときに詠んだもの。幽州は、現在の北京一帯の古い呼称。当時の幽州は、「幽」という字面のとおり、人口密度が希薄な辺境の地であった。

江《こう》雪《せつ》　柳《りゅう》宗《そう》元《げん》（七七三〜八一九）

千山鳥飛《せんざんとりと》ぶこと絶《た》え
万径人蹤滅《ばんけいじんしょうめつ》す
孤舟簑笠《こしゅうさりゅう》の翁《おう》
独《ひと》り釣《つ》る寒江《かんこう》の雪《ゆき》

千　山　鳥　飛　絶《ブコトエ》
万　径　人　蹤　滅《ス》
孤　舟　簑　笠《ノ》　翁
独《リ》　釣《ル》　寒　江《ノ》　雪

一面の銀世界。あらゆる山々で飛ぶ鳥の姿が消え、すべての小道から人の足跡が絶えた。無限の静寂のなか、一艘《そう》の小舟に乗った蓑笠《さりゅう》の老人が、たったひとり、雪がふる冷たい川面《かわも》に釣り糸を垂《た》れている。

禅味《ぜんみ》あふれる山水詩の名作。後世、禅画や水墨画の世界では、この詩を画題とした「寒江独釣図《かんこうどくちょうず》」がいろいろ描かれた。作者の柳宗元《りゅうそうげん》は唐の中期の官僚。傾きかけた国政を改革する運動に参加したが、運動は挫折し、地方に左遷された。蓑笠《みのかさ》で身を包んだ無心な漁翁《ぎょおう》は、左遷された柳宗元の孤高の自我の象徴、とも解釈できる。漢文学において、「江湖《ごうこ》」（川や湖）に住む「漁翁」「漁父《ぎょふ》」は、国家権力や俗世間と一線を画して生きる自由人の象徴として登場する。昔の東洋社会では、「江湖」は誰の領地でもない「公界《くがい》」であり、職能民や渡世《とせい》人《にん》の自由な世界、というイメージがあった。

香炉峰《こうろほう》下《か》、新《あら》たに山居《さんきょ》を卜《ぼく》し、
草堂《そうどう》初《はじ》めて成《な》り、偶《たま》たま東壁《とうへき》に題《だい》す

白居易《はくきょい》（七七二〜八四六）

日高《ク》睡《リ》足《リテ》猶《ホ》慵《シ》レ起《クルニ》

小閣《ニ》重《ネテ》レ衾《ヲ》不《レ》レ怕《レ》寒《キヲ》

遺愛寺《ノ》鐘《ハ》欹《テテ》レ枕《ヲ》聴《キ》

香炉峰《ノ》雪《ハ》撥《ゲテ》レ簾《ヲ》看《ル》

日高《ひたか》く睡《ねむ》り足《た》りて
猶《な》お起《お》くるに慵《ものう》し
小閣《しょうかく》に衾《しとね》を重《かさ》ねて
寒《さむ》きを怕《おそ》れず
遺愛寺《いあいじ》の鐘《かね》は
枕《まくら》を欹《そばだ》てて聴《き》き
香炉峰《こうろほう》の雪《ゆき》は

簾《すだれ》を撥《かか》げて看《み》る
匡廬《きょうろ》は便《すなわ》ち是《こ》れ
名《な》を逃《のが》るるの地《ち》
司馬《しば》は仍《な》お
老《お》いを送《おく》るの官為《かんた》り
心泰《こころやす》く身寧《みやす》きは
是《こ》れ帰《き》する処《ところ》
故郷何《こきょうなん》ぞ
独《ひと》り長安《ちょうあん》にのみ在《あ》らんや

匡廬《ハ》便《チ》是《レ》逃《ルルノ》レ名《ヲ》地
司馬《ハ》仍《ホ》為《リ》二送《ルノ》レ老《イヲ》官一
心泰《ク》身寧《キハ》是《レ》帰《スル》処
故郷何《ゾ》独《リ》在《ランヤ》二長安《ニノミ》一

冬の朝。日はすでに高く、じゅうぶん寝たが、起きるのがめんどくさい。こんな狭小住宅《きょうしょうじゅうたく》でも、掛け布団を何枚もかさねれば、ぬくぬくと暖かい。遺愛寺《いあいじ》の鐘の響きは、頭を載《の》せた枕ごと耳を傾けて楽しむ。純白の雪に輝く香炉峰《こうろほう》の絶景は、窓のすだれをはね上げ、寝ながら鑑賞する。風光明媚《めいび》な廬山《ろざん》のいなかは、世俗の名利《みょうり》から自由な場所。江《こう》州司馬《しゅうしば》はたいした肩書きじゃないが、老後のスローライフには最適な閑職《かんしょく》。身も心も安まる場所こそ、安住の地と言うべき。長安《ちょうあん》の都に復帰することに、こだわる必要はあるまい。

閑適《かんてき》の詩。詩人の白居易《はくきょい》（字《あざな》は楽天）は役人としても有能で、中央官庁の官僚だったが、四十四歳のとき地方に左遷され、この詩を書いた。数年後、彼は中央に復帰した。「遺愛寺鐘欹枕聴、香炉峰雪撥簾看」の名句は日本でも愛誦《あいしょう》された。『枕草子』の清少納言と定子《ていし》の挿話にも出てくる。

白居易《はくきょい》（七七二〜八四六）

中唐《ちゅうとう》の詩人。階層の低い家系の出身であったが、二十九歳で官史登用試験である科挙《かきょ》の進士《しんし》に合格。現存する文集は七十一巻、詩と文の総数は約三千八百首と多作な詩人であった。詩の内容は多彩で、中国国内のみならず、日本や朝鮮など周辺国でも愛好された。仏教徒としても著名であり、晩年は龍門《りゅうもん》の香山寺に住み、「香山居士」と号した。

漢文を訓読するのは日本人だけ？

　昔の中国人は「山」をサン、「青」をセイと発音した。日本人の先祖も最初は、サン、セイという「音読み」で漢字を読んだ。そのうち、「山」は日本語のヤマに、「青」は日本語のアオにあたる、と気づき、それぞれを「やま」「あお」と読む「訓読み」も生まれた。

　個々の漢字の訓読みが生まれれば、自然と漢文の訓読も生まれる。例えば、漢文「山青」は、中国伝来の発音で「サンセイ」と音読直読してもよいし、「やま、あおし」と訓読してもよい。日本ではすでに五、六世紀ごろから、漢字の訓読みの萌芽《ほうが》や、初歩的な漢文訓読があったと推定されている。奈良時代以降、漢訳仏典は音読直読で、それ以外の漢文は訓読で読む、という習慣が確立した。『般若心経《はんにゃしんぎょう》』は音読直読するのに、『論語《ろんご》』は訓読するというのは、考えてみれば不思議である。

　漢字に自国語の単語をあてて読んだり、漢文の語順を自国語の語順に直して読む「漢文訓読」の試みは、中国の周辺部に住む異民族のあいだで、かつて広く見られた現象である。ただ、漢文訓読を定型的訳読法として確立し、その伝統を千数百年も守ったのは、日本だけである。

奉《ほう》使《し》日《にっ》本《ぽん》　鄭《てい》夢《ぼう》周《しゅう》（一三三七～一三九二）

水国《すいこく》春光《しゅんこう》動《うご》けども
天涯客《てんがいかく》未《いま》だ行《い》かず
草《くさ》は千里《せんり》に連《つら》なりて緑《みどり》に
月《つき》は両郷《りょうきょう》を共《とも》にして明《あき》らかなり
遊説《ゆうぜい》して黄金《おうごん》尽《つ》き
帰《かえ》るを思《おも》って白髪生《はくはつしょう》ず
男児《だんじ》四方《しほう》の志《こころざし》
独《ひと》り功名《こうみょう》の為《ため》ならず

水国春光動《ケドモ》
天涯客未《ダ》レ行《カ》
草《ハ》連《ナリテ》二千里《ニ》一緑《ニ》
月《ハ》共《ニシテ》二両郷《ヲ》一明《カナリ》
遊説《シテ》黄金尽《キ》
思《ッテ》レ帰《ルヲ》白髪生《ズ》
男児四方《ノ》志
不三独《リ》為《ナラ》二功名《ノ》一

海、川、雨。水の豊かな日本国の春の景色は、どんどん移り変わる。しかし、天の果てまで旅してきた私は、まだ帰国の途につけない。大自然に国境は無い。草の緑は千里も途切れることなく続き、月の光は二つの国でも同じく明るい。外交交渉は長引き、資金は底を尽いた。帰国を果たせぬ私の頭には白髪が生えた。こんなに苦労してまで、私が四方をかけずり回る理由は何か。自分の成功や名声のためだけではない。男子の本懐《ほんかい》は別にあるのだ。

鄭夢周は、高麗《こうらい》王朝末期の学者政治家。外交官として外国にも赴《おもむ》いた。日本に来たときは、室町幕府の出先機関である九州探題《たんだい》と交渉し、倭寇《わこう》の取り締まりを約束させた。鄭夢周の誠実な人柄《ひとがら》と、漢詩文の才能は、日本人をも魅了した。中国との国境の軍事的緊張が高まったときは、南京《なんきん》へ行き、明《みん》王朝の洪武帝《こうぶてい》と交渉した。李氏《りし》朝鮮（朝鮮王朝）の成立前夜、高麗の忠臣だった鄭夢周は、政敵によって暗殺された。

東海朝曦《とうかいちょうぎ》　程順則《ていじゅんそく》（一六六三～一七三五）

宿霧《しゅくむ》　新《あら》たに開《ひら》け　海東《かいとう》を敞《ひろ》ぐ
扶桑《ふそう》　万里《ばんり》　飛鴻《ひこうびょう》渺たり
打魚《だぎょ》の小艇《しょうてい》　初《はじ》めて棹《さお》を移《うつ》し
揺《ゆる》が し得《え》たり　波光《はこう》　幾点紅《いくてんくれない》なるを

宿霧新タニ開ケ敞グ二海東ヲ一
扶桑万里渺タリ二飛鴻一
打魚ノ小艇初メテ移シ㆑棹ヲ
揺シ得タリ波光幾点紅ナルヲ

郵 便 は が き

料金受取人払郵便

神田支店承認

7697

差出有効期間
平成24年7月
4日まで
(切手不要)

101−8796

507

(受取人)

東京都千代田区西神田3−3−5

朝日出版社　第五編集部

『絵でよむ漢文』係

お名前		ご職業		お買上書店名	
ご住所	〒				
Eメールアドレス		TEL	(　　)		
		年齢	歳	性別	男／女

※このハガキは、アンケートの収集、プレゼントの送付、関連書籍のご案内に対応するためのご本人確認・配送先確認を目的としたものです。ご記入いただいた個人情報はアンケート結果のデータベース化や関連書籍案内の発送の際に、個人情報に関する機密保持契約を締結した業務委託会社に委託する場合がございますが、上記目的以外での使用はいたしません。以上ご了解の上、ご記入願います。

絵でよむ漢文

ご購読ありがとうございました。今後の刊行物の参考にさせていただきますので、アンケートにご協力をお願いいたします。

1. 本書をお求めになったきっかけは何ですか？

□書店でタイトルにひかれたから
□書店でこのテーマの本を探していて
□内容がよかったから　　□人からすすめられて
□広告・書評を見て（新聞・雑誌名　　　　　　　　）
□その他（　　　　　　　　　　　　）

2. 本書に対する感想をお聞かせください。

内容……………………□満足　□普通　□よくない
タイトル………………□よい　□普通　□よくない
デザイン・イラスト……□よい　□普通　□よくない
定価……………………□高い　□ちょうどよい　□安い

3. ご意見・ご感想をご自由にお書き下さい。

朝。立ちこめていた霧がパッと晴れ、海が東に広がる。日本までの万里《ばんり》の大空、飛ぶ鳥もたちまち小さな点になる。漁師の小舟の棹《さお》が動きはじめ、海面にスーッと波が広がる。青い波頭《なみがしら》には、赤い朝日が、パラパラとこぼれた宝石の粒のようにきらめいている。

広大な海のなかでは、鳥も船も点のように小さい。だが、鳥はスピードをもって万里をかけ、船は海に美しい波紋を広げる。自分の故郷は小さな島だが、活躍範囲は広い。そんな海洋民の心意気を感じさせる、見事な叙景詩《じょけいし》である。

作者の程順則（唐名。琉球名は名護寵文《なごちょうぶん》）は、琉球王国の政治家で「名護《なご》聖人」と呼ばれたほどの人格者だった。生涯に五回も中国と往来したほか、徳川家継の七代将軍就任のときに慶賀使《けいがし》の一員として「江戸上り」に参加、漢学者の新井白石《あらいはくせき》とも面談した。程順則が中国から持ち帰った教訓書「六諭衍義《りくゆえんぎ》」は、日本各地の寺子屋の教材に採用され、彼の名は全国に知れ渡った。

偶成《ぐうせい》　伝《でん》・朱熹《しゅき》

少年老《しょうねんお》い易《やす》く学成《がくな》り難《がた》し
一寸《いっすん》の光陰軽《こういんかろ》んずべからず
未《いま》だ覚《さ》めず池塘春草《ちとうしゅんそう》の夢《ゆめ》
階前《かいぜん》の梧葉《ごよう》已《すで》に秋声《しゅうせい》

少年易クレ老イ学難シレ成リ
一寸ノ光陰不レ可カラレ軽ンズ
未ダレ覚メ池塘春草ノ夢
階前ノ梧葉已ニ秋声

青春は短い。学問は時間がかかる。わずかの時間も無駄にできない。池の水辺に生える緑の若草は、まだ春の夢を見つづけている。でも、庭先で風にそよぐキリの葉には、ほら、もう秋の気配がしのびよっている。

俳句の季語「桐《きり》一《ひと》葉《は》」は、キリの葉が一枚ハラリと落ちるのを見て秋の訪れを知る、という意味である。この漢詩は、春の若草と秋のキリのイメージの対比を、人生の移ろいに重ねている。日本では明治時代から、この詩の作者は朱子《しゅし》であると漠然と信じられてきた。朱子は、宋《そう》の学者・朱熹（一一三〇〜一二〇〇）の尊称である。しかし朱熹の詩文集にこの詩はない。この詩は日本にだけ伝わり、中国には残っていない。近年の研究によると、この詩はいわゆる「五山文学《ござんぶんがく》」の作品の一つで、作者は室町時代の日本の禅僧らしい。作者が誰であれ、味わい深い詩である。

桂《けい》林《りん》荘《そう》雑《ざつ》詠《えい》　諸《しょ》生《せい》に示《しめ》す　広《ひろ》瀬《せ》淡《たん》窓《そう》（一七八二〜一八五六）

道《い》うを休《や》めよ他郷《たきょう》苦辛《くしん》多《おお》しと
同袍《どうほう》友《とも》有《あ》り自《おのず》から相親《あいした》しむ
柴扉《さいひ》暁《あかつき》に出《い》づれば霜雪《しもゆき》の如《ごと》し
君《きみ》は川流《せんりゅう》を汲《く》め我《われ》は薪《たきぎ》を拾《ひろ》わん

休《メヨ》レ道《フヲ》他郷多《シト》二苦辛一
同袍有《リ》レ友自《カラ》相親《シム》
柴扉暁《ニ》出《ヅレバ》霜如《シ》レ雪《ノ》
君《ハ》汲《メ》二川流《ヲ》一我《ハ》拾《ハン》レ薪《ヲ》

地方出身者だから辛い、なんて泣き言を言うな。共同生活をすれば、自然に友だちはできる。寒い朝、寮の粗末な扉をあけると、あたり一面、霜が雪のように白い。さあ、君は川の水を汲《く》みに行け。ぼくは薪《たきぎ》を拾いに行く。

桂林荘は、学者の広瀬淡窓が若いころ開いた漢学塾で、後の「咸宜園《かんぎえん》」の前身。今の大分県日田《ひた》市にあった。淡窓のもとには全国から秀才が集まった。門人の中からは、蘭学者の高野長英《たかのちょうえい》や大村益次郎《おおむらますじろう》などの逸材も輩出した。江戸時代前期まで、個人は地縁や血縁、身分制度の枠に縛られていた。江戸時代後期になると、各地で私塾が勃興《ぼっこう》した。志《こころざし》ある若者は地元を飛び出し、「師弟関係」「学友」という自由で新しい人間関係に飛び込んだ。吉田松陰《よしだしょういん》の松下村塾《しょうかそんじゅく》や、緒方洪庵《おがたこうあん》の適塾《てきじゅく》も、明治維新の人材を輩出した私塾として有名になったが、当時、全国最大規模の私立学校は九州の広瀬淡窓の私塾であった。

偶成《ぐうせい》　木戸《きど》孝允《たかよし》（一八三三～一八七七）

才子《さいし》は才《さい》を恃《たの》み愚《ぐ》は愚《ぐ》を守《まも》る
少年《しょうねん》の才子《さいし》愚《ぐ》に如《し》かず
請《こ》う看《み》よ他日業成《たじつぎょうな》るの後《のち》
才子《さいし》は才《さい》ならず愚《ぐ》は愚《ぐ》ならず

才子ハ恃ミレ才ヲ愚ハ守ルレ愚ヲ
少年ノ才子不レ如カレ愚ニ
請フ看ヨ他日業成ルノ後
才子ハ不レ才ナラ愚ハ不レ愚ナラ

利口者は自分の利口さを頼みにするが、バカはひたすらバカをつらぬく。若いうちは、利口であるより、バカなほうがいい。いつか大人になり、大きな仕事をなしとげたあとを見てほしい。若いころ利口だった者は利口ではなく、バカもバカではない。

「偶成《ぐうせい》」は「たまたま思いついて書いた作品」の意。昔の人は、漢詩にタイトルや序文が必須であるとは考えなかった。タイトルの無い漢詩は「無題」「偶成」などと題されることが多い。

木戸孝允は、西郷隆盛、大久保利通とともに「維新の三傑」と称せられる傑物《けつぶつ》である。長州藩の武士の家に生まれた彼は、子供時代は川を行きかう舟を船頭ごとひっくり返すイタズラに熱中する悪童だった。十五歳で元服したあとは桂小五郎《かつらこごろう》と名乗り、わずか三歳ちがいの吉田松陰を師として、学問を学んだ。その後、高杉晋作、大村益次郎らとともに幕府を打ち倒し、明治維新を導いた。

金州城下《きんしゅうじょうか》の作《さく》　乃木希典《のぎまれすけ》（一八四九〜一九一二）

山川草木《さんせんそうもく》転《うた》た荒涼《こうりょう》
十里《じゅうり》風《かぜ》腥《なまぐさ》し新戦場《しんせんじょう》
征馬《せいば》前《すす》まず人《ひと》語《かた》らず
金州城外《きんしゅうじょうがい》斜陽《しゃよう》に立《た》つ

山川草木転タ荒涼
十里風腥シ新戦場
征馬不レ前マ人不レ語ラ
金州城外立ツ二斜陽ニ一

ここは金州城《きんしゅうじょう》の郊外、南山の激戦地。北中国の広漠たる山河や草木は、戦火の余燼《よじん》でますます荒涼となった。吹きわたる風は、十里にわたり硝煙《しょうえん》や血のにおいがする。馬は進まず、人も押し黙り、赤い夕日にいつまでも立ち続けていた。

明治の軍人・乃木希典の詩。乃木は江戸時代の末、武士の家に生まれた。明治人の常として漢詩文の素養が深かった。乃木は家庭的には不幸だった。乃木の弟は、明治九年の「萩《はぎ》の乱」で反乱士族側に加わって戦死。明治三十七年からの日露戦争では、乃木の二人の息子もロシア軍との激戦で戦死した。この詩は「南山の戦い」の直後、乃木が詠《よ》んだもの。乃木の長男もここで戦死した。乃木将軍の漢詩は当時の中国人も感動させた。抗日戦争の英雄だった張学良《ちょうがくりょう》は晩年、NHKの取材を受けたとき、暗誦していた乃木の漢詩「爾霊山《にれいさん》」をその場でペンで紙に書いてみせた。

中国人も愛吟した日本漢詩

男児立志出郷関。学若無成不復還。埋骨何期墳墓地、人間到処有青山。

(男児、志を立てて郷関《きょうかん》を出づ。学、若し成る無くんば、復た還らず。骨を埋む、何ぞ期せん墳墓の地。人間到る処、青山有り。)

右は幕末の志士・釈月性《しゃくげっしょう》の漢詩だが、中国人の多くは西郷隆盛の作と誤解し、愛吟した。若き日の毛沢東は一九〇九年、この「西郷の詩」を改作して父親に贈った。

孩児立志出郷関。学不成名誓不還。埋骨何須桑梓地、人生無処不青山。

無題《むだい》

夏目漱石《なつめそうせき》（一八六七〜一九一六）

秋風《しゅうふう》　万木《ばんぼく》を鳴《な》らし
山雨《さんう》　高楼《こうろう》を撼《ゆる》がす
病骨《びょうこつ》　稜《りょう》として剣《つるぎ》の如《ごと》く
一灯《いっとう》　青《あお》くして愁《うれ》えんと欲《ほっ》す

秋風鳴ラシ二万木ヲ一
山雨撼ガス二高楼ヲ一
病骨稜トシテ如クレ剣ノ
一灯青クシテ欲スレ愁ヘント

秋の風に、森の無数の木々が鳴き叫んでいる。山の激しい雨に、私が泊まっている高い建物は、揺さぶられる。寝たきりの病床で、私の背骨は、剣のように硬く角ばってきた。薄暗い部屋の中、一筋の青くかぼそい灯火《とうか》が、悲しみの色に沈もうとしている。

病人の鋭敏な神経を詠《うた》った闘病の詩。夏目漱石は胃潰瘍《いかいよう》をわずらっていた。仕事盛りの四十三歳のとき、伊豆の修善寺《しゅぜんじ》温泉の旅館で大量の血を吐き、危篤《きとく》状態となった。さいわい意識を回復したが、その後も死を覚悟しつつ、病床生活を送った。

この漢詩は、漱石が「修善寺の大患《たいかん》」の体験を書いた『思い出す事など』に収録されている。青いともしびは、ここでは生命の持続の象徴。当時の漱石の病室は、安静のため暗くしてあった。この後、漱石は快復し、名作を続々と書いたが、四十九歳のとき、胃潰瘍による大出血のため急死した。

漢文は英語に似ている!?

詩人の萩原朔太郎《はぎわらさくたろう》が書いた文章「日本語の不自由さ」によると、彼の祖父は「日本は世界で正道《せいどう》を歩む唯一の国だ」と主張した。なぜか。英語や漢文は逆さまにひっくり返って読むが、日本語だけはまっすぐで逆立ちしない言葉だから、というのがその理由だった。

日本が唯一の正しい国かどうかは別として、たしかに日本語は「主語、目的語、動詞」の語順だが、漢文と英語は「主語、動詞、目的語」である。日本語「私は本を読む。」は、漢文では「我読書。」、英語では“I read a book.”（私、読む、一冊の本）という語順になる。

英語では、特定者の存在を言う場合は“I am here.”（私、いる、ここ）という語順だが、不定者の存在を言う場合は“Here is a man.”（ここ、いる、ある人）と語順が逆転する。漢文でも、特定者が主語なら「我在此」（我、此に在《あ》り）という語順だが、不定者が主語だと「此有人」（此に人有《あ》り）と語順が逆転する。漢文と英語の語順の類似性は、偶然の産物であるが、こんな細かい点まで似ているのである。

第4章　四面楚歌――歴史に学ぶ

撃壌歌《げきじょうか》　『十八史略《じゅうはっしりゃく》』

日《ひ》出《い》でて作《つく》り、
日《ひ》入《い》りて息《いこ》う。
井《い》を鑿《うが》ちて飲《の》み、
田《た》を耕《たがや》して食《く》らう。
帝力《ていりょく》　何《なん》ぞ我《われ》にあらんや。

日出デテ而作リ、
日入リテ而息フ。
鑿チテレ井ヲ而飲ミ、
耕シテレ田ヲ而食ラフ。
帝力何ゾ有ラン二於我ニ一哉。

堯と舜（画像石）

日がでりゃ仕事し、暮れれば休む。井戸掘《ほ》って水飲み、耕《たがや》して飯を食う。帝《みかど》の力は関係ねえさ。

「鼓腹撃壌《こふくげきじょう》」の故事。今から四千数百年前、伝説の帝王・堯《ぎょう》は、仁徳をもって簡素な政治を行った。税金はただ同然で、天下の民は平和に暮らした。堯の宮殿も質素で、屋根はボサボサの茅葺《かやぶ》き、階段は土で三段の高さしかなかった。ある日、堯はおしのびで町に出た。あどけない子供たちが「私たちが幸せなのは天子さまのおかげ」云々と歌っていた。堯は政治宣伝のにおいをかぎ取り、顔をくもらせた。次に、老人が食事をほおばり、自分の腹と地面を叩《たた》きながら「撃壌歌」を歌うのを聞いた。堯はようやく安心した。

民が健康で、人情味のあつい平和な社会なら、年金も軍事費も介護保険もいらない。民が政治の存在を気付かぬほど、無為自然《むいしぜん》の小さな政府こそ理想だ、という寓話である。

太公望《たいこうぼう》　『十八史略《じゅうはっしりゃく》』

吾《わ》が太公《たいこう》、子《し》を望《のぞ》むこと久《ひさ》し、と。
故《ゆえ》に之《これ》を号《ごう》して太公望《たいこうぼう》と曰《い》う。

吾《ガ》太公望《ムコト》レ子《ヲ》久《シト》矣。
故《ニ》号《シテ》レ之《ヲ》曰《フ》二太公望《ト》一。

太公望（紅払記）

「わが祖父、太公は、ずっとあなたを待ち望んでいました」。
そこで彼を太公望と名付けた。

紀元前十一世紀ごろの話。周《しゅう》国の君主であった西伯《せいはく》（後の周の文王《ぶんおう》）が、狩りに出る前に占うと「獲物は、竜でもミズチでもトラでもクマでもない。獲物は、覇王《はおう》の輔佐役である」と出た。狩りに出ると、川のほとりで釣り糸を垂《た》れている老人がいた。話してみると、大変な賢者だった。西伯は喜び「昔、私の亡き祖父は、聖人がやってきてわが国を発展させるだろう、と予言しました。あなたこそ、その人物です」と言い、彼を「太公望《たいこうぼう》」（祖父が望んだ、の意）と名付け、いっしょに馬車に乗せて宮殿に帰り、自分の師とした。

後世、「太公望」は釣り人の代名詞となった。また諸葛孔明《しょかつこうめい》と同様「長い就職活動の末、トップによって直接、中途採用され成功した希望の星」というキャラクターとなった。

『十八史略《じゅうはっしりゃく》』

元《げん》の曾先之《そうせんし》により次の十八の歴史書をダイジェストの形で簡略にまとめられた歴史の入門書。中国よりむしろ日本で普及した。

1.『史記』　2.『漢書』
3.『後漢書』　4.『三国志』
5.『晋書』　6.『宋書』
7.『南斉書』　8.『梁書』
9.『陳書』　10.『魏書』
11.『北斉書』　12.『後周書』
13.『隋書』　14.『南史』
15.『北史』　16.『新唐書』
17.『新五代史』
18.『続宋編年資治通鑑』『続宋中興編年資治通鑑』

隗《かい》より始《はじ》めよ　『十八史略《じゅうはっしりゃく》』

今《いま》、王必《おうかなら》ず士《し》を致《いた》さんと欲《ほっ》せば、
先《ま》ず隗《かい》より始《はじ》めよ。

今王必ズ欲セバレ致サントレ士ヲ、
先ヅ従リレ隗始メヨ。

馬（画像石）

いま、王様がどうしても人材をお望みなら、まず、わたくし隗《かい》からお始めください。

「まず隗より始めよ」の故事。今から二千三百年前の戦国時代。辺境の弱小国・燕《えん》の昭王《しょうおう》は、国を強くしたいと考え、臣下の郭隗《かくかい》に相談した。郭隗は言った。「昔、名馬を買うため、わざと、死んだ馬の骨を大金で買った者がおりました。『死んだ馬の骨さえ高く買う馬好きがいる』という評判が天下に知れ渡り、その宣伝効果で、生きた名馬を売り込む人が続々と押し寄せたそうです。——王様、まず、愚かな私めを優遇してください。さすれば、私より優秀な人材は、むこうからやってくるでしょう」。昭王は、郭隗のために豪華な屋敷を造り、うやうやしく接した。「燕は辺境の弱小国だが、だからこそ人材登用に熱心だ」という評判が広まり、やる気と才能のある人材が続々とやってきた。燕は、人材登用と、改革は地元から始めるという正攻法によって、新興の強国に生まれ変わった。

風《ふう》林《りん》火《か》山《ざん》　孫《そん》子《し》（前五世紀頃）

其《そ》の疾《はや》きこと風《かぜ》の如《ごと》く、
其《そ》の徐《しず》かなること林《はやし》の如《ごと》く、
侵《おか》し掠《かす》めること火《ひ》の如《ごと》く、
動《うご》かざること山《やま》の如《ごと》く、
知《し》り難《がた》きこと陰《いん》の如《ごと》く、
動《うご》くこと雷霆《らいてい》の如《ごと》し。

其ノ疾キコト如クレ風ノ、
其ノ徐カナルコト如クレ林ノ、
侵シ掠メルコト如クレ火ノ、
不レ動カルコト如クレ山ノ、
難キコトレ知リ如クレ陰ノ、
動クコト如シ二雷霆ノ一。

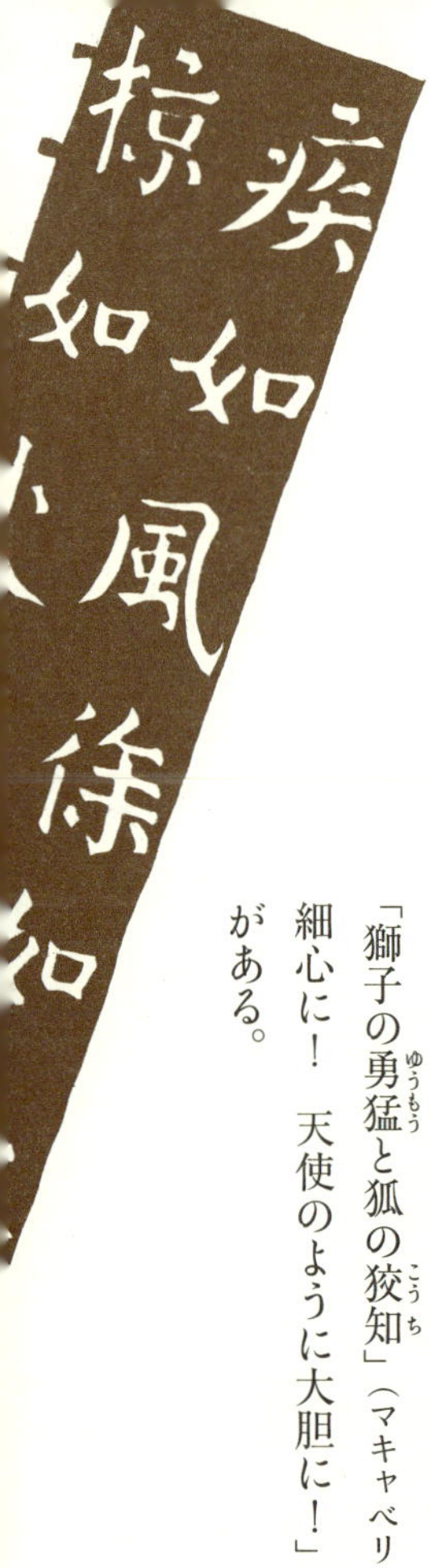

孫子《そんし》

孫武《そんぶ》の尊称。春秋時代の斉《せい》の人で、兵法をもって呉王闔廬《こうりょ》に仕え、諸国を攻略して大功を立てた。後世、呉《ご》子《し》（呉起《ごき》）とともに、兵法家の祖とされる。『孫子』は書名。中国最古の兵法の書。世界各国の言葉に訳され、欧米でも *The Art of War* というタイトルで広く読まれている。

速さは風のごとく、静かさは森のごとく、侵入して奪い去るスピードは火のごとく、動かぬときは山のごとく、隠密《おんみつ》ぶりは影のごとく、動くときは雷《かみなり》のごとくであれ。

『孫子』では、軍事行動の神髄を、静と動、存在の秘匿《ひとく》と誇示を自在に組み合わせる神出鬼没さにある、と説く。十四世紀の若き名将・北畠顕家《きたばたけあきいえ》は、『孫子』のこの漢文をふまえ「風林火山」の旗を作った。二百年後、甲斐の武田信玄《たけだしんげん》も「風林火山」の旗を使った。後世「風林火山」と言えば信玄のイメージが強い。

似たような言葉に、同じ『孫子』を出典とする「始めは処女の如く、後《のち》は脱兎《だっと》の如し」（「処女脱兎」とも言う）や、「蝶のように舞い、蜂のように刺す」（天才ボクサー、モハメド・アリへの評語）、「獅子の勇猛《ゆうもう》と狐の狡知《こうち》」（マキャベリ『君主論』）、「悪魔のように細心に！　天使のように大胆に！」（黒澤明《くろさわあきら》監督の同名著書）などがある。

彼を知り己《おのれ》を知る者は

孫子《そんし》（前五世紀頃）

彼を知り己《おのれ》を知る者は、
百戦殆《ひゃくせんあや》うからず。

知《リ》レ彼《ヲ》知《ル》レ己《ヲ》者《ハ》、
百戦不レ殆《フカラ》。

沂南墓―墓門梁上の交戦図（一部、画像石）

——相手を知り、自分を知る者は、たとえ百回戦っても決して負けない。

原文はこの後「彼を知らず己《おのれ》を知れば、一勝一負す。彼を知らず己を知らずんば、戦う毎《ごと》に必ず殆《あや》うし」と続く。「相手のことはよく知らぬが、自分のことは知っている場合は、勝敗の率は半々。相手を知らず、自分のことも知らぬなら、戦うごとに危険である」と続く。

兵法書《へいほうしょ》のなかでも、戦争哲学の古典『孫子』は海外での評価が高い。いっぽう中国人は、具体的な策略の兵法書を好むため、『孫子』は「武経七書《ぶけいしちしょ》」の一つにすぎない。

第二次世界大戦後、昭和天皇は敗戦の原因を四つ掲《かか》げられたが、その第一は「兵法の研究が不充分であったこと。即《すなわ》ち孫子の『敵を知り、己を知れば百戦危《(ママ)》うからず』という根本原理を体得していなかった事」であった（『昭和天皇独白録』）。

蛇足《だそく》　『戦国策《せんごくさく》』

蛇足《だそく》を為《な》す者《もの》、
終《つい》に其《そ》の酒《さけ》を亡《うしな》えり。

為《ス》二蛇足《ヲ》一者、
終亡《ヘリ》二其《ノ》酒《ヲ》一。

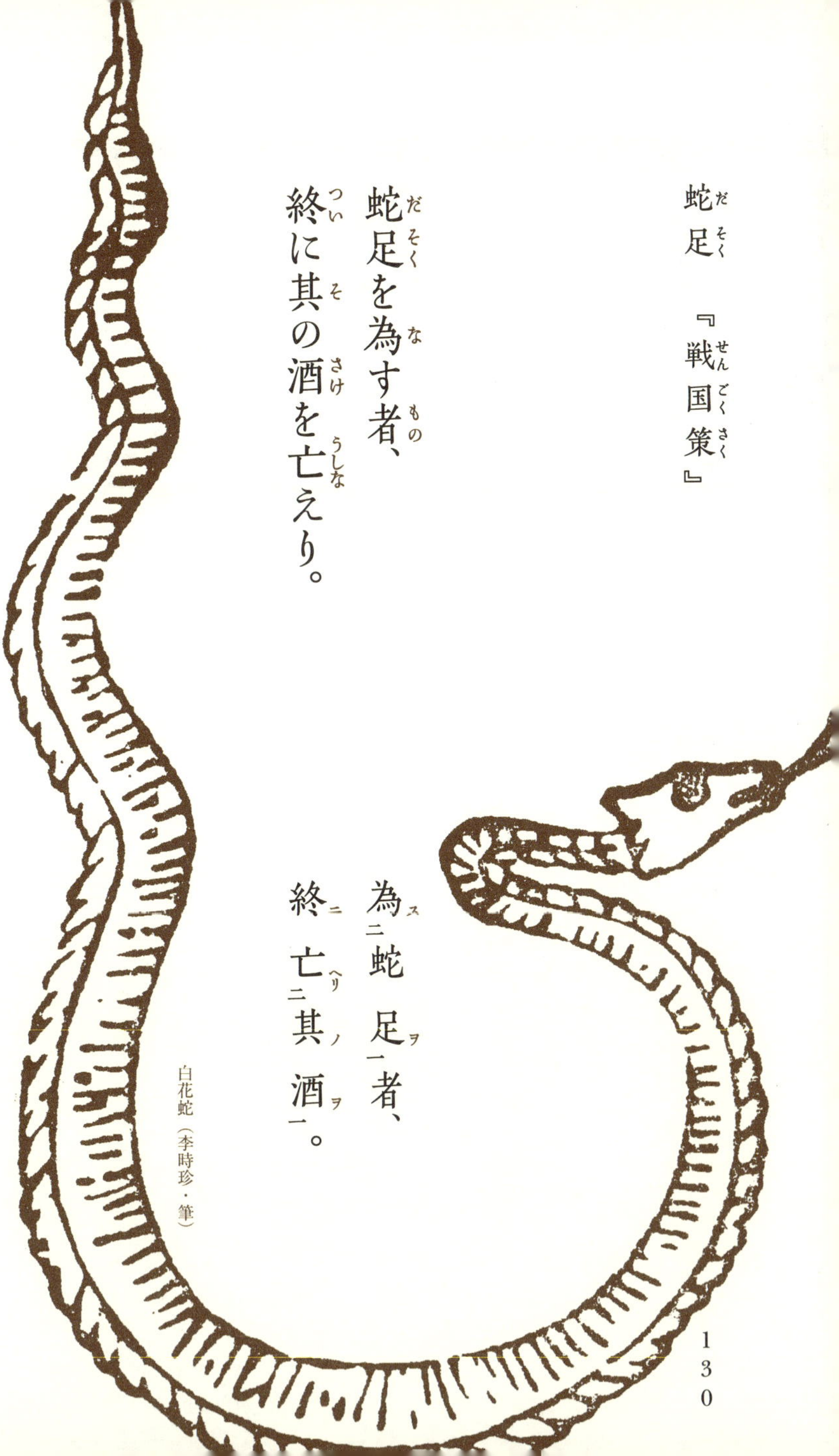

白花蛇（李時珍・筆）

『戦国策《せんごくさく》』

周《しゅう》の安王《あんおう》（在位、前四〇一〜前三七六）から、秦《しん》の始皇帝《しこうてい》までの約二百四十年間に説かれた策略を、国別に集めた書物。全三十三巻。前漢《かん》の劉向《りゅうきょう》（前七七〜前六）編とされる。この書名から「戦国時代」という時代呼称が生まれた。日本史の戦国時代という呼称は、中国史の用語の借用である。

失った。

——蛇《へび》に足を描《か》きそえた者は、とうとう、酒を飲むチャンスを

戦国時代、楚《そ》国が斉《せい》国を攻めた。斉の策士は、楚の宰相に密書を送った。「昔、ある祭で、少量の酒がふるまわれました。男たちは地面に蛇の絵を競争で描き、最初に描きあげた一人が酒を飲むことにしました。一番早く描き終えた男は『おまえら、遅いな』と言い、蛇に足を描き足し、余裕をひけらかしました。すると二番の男が『おまえが描いたのは蛇じゃない』と主張し、一番の男から酒を奪いました。さて、あなたはすでに宰相という最高の地位にあります。この戦争で勝っても、これ以上の出世は望めません。逆にもし損害を出せば、蛇足の男の二の舞ですよ」。密書を読んだ楚の宰相は、軍を引き返した。

斉の策士は、相手を選ぶのが巧みだった。もし相手が、失脚の恐れのない国王だったら、逆に、リスクを取っても出世したい中間職だったら、説得は成功しなかったろう。

虎《とら》の威《い》を借《か》る　『戦《せん》国《ごく》策《さく》』

虎《とら》、獣《けもの》の己《おのれ》を畏《おそ》れて
走《はし》るを知《し》らざるなり。
以《お》為《も》えらく狐《きつね》を畏《おそ》るるなり、と。

虎不《ル》レ知《ラ》二獣《ノ》畏《レテ》レ己《ヲ》
而走《ルヲ》一也。
以-為《ヘラク》畏《ルル》レ狐《ヲ》也《ト》。

金属に篆刻を施した虎（秦時代のもの）

——虎は、動物たちが自分を恐れて逃げているとは知らず、狐を恐れているのだと思った。

戦国時代。楚《そ》の宣王《せんおう》が群臣に聞いた。「北方諸国は、わが国の宰相、昭奚恤《しょうけいじゅつ》を恐れている、と聞いた。本当か」。群臣は答えなかった。昭奚恤は王族の血を引く名門で、王との力関係も微妙だったからである。ただ一人、北の外国の出身者で、昭奚恤の政敵だった江乙《こういつ》が答えた。「あるとき虎が狐を捕まえました。狐は言いました。『食べないでください。私は神様から百獣の王に任命されています。証拠をお見せします。ついてきてください』。虎が、狐の後ろについて歩くと、それを見た動物たちは逃げました。虎はてっきり、狐を恐れて逃げるのだと思い、まんまと騙《だま》されました。——さて、王様は、ご自分の広大な領土と、強大な軍隊を、昭奚恤に任せておられます。北の国々が本当に恐れているのは、昭奚恤ではなく、王様の軍事力なのです」

張儀《ちょうぎ》の舌《した》　『十八史略《じゅうはっしりゃく》』

吾《わ》が舌《した》を視《み》よ、尚《な》お在《あ》りや否《いな》や。

視ヨ二吾ガ舌ヲ一、尚ホ在リヤ否ヤ。

宰相車馬の図（金石索）

——おれの舌を見ろ。まだあるか。

中国の戦国時代、縦横家《じゅうおうか》と呼ばれる男たちがいた。彼らは「フリーランスの外交官」で、国々を渡り歩き、王や政治家に会見し、「合従連衡《がっしょうれんこう》」の外交策について自分の秘策を説明した。西の強国、秦《しん》に対して、残りの国々が南北（地図の縦方向）に同盟して対抗する策が「合従」（＝合縦）。国々が個別に秦と融和政策を結ぶ策が「連衡」。もし自分の献策が採用されれば、見返りとして、役職や報酬を得る。舌先三寸が頼りの仁義なき商売である。縦横家のなかでも、合従策を説く蘇秦《そしん》と、連衡策を説く張儀《ちょうぎ》の二人が有名だった。

『史記《しき》』によると、張儀は南の楚《そ》の国に行ったとき、説得に失敗し、ボコボコにされた。妻が愚痴を言うと、張儀は舌をペロリと出し「おれの舌を見ろ。まだあるか」と言った。その後、張儀は舌先三寸で諸国の説得に成功し、莫大な報酬を得た。

風《かぜ》蕭蕭《しょうしょう》として易水《えきすい》寒《さむ》し　『史《し》記《き》』

風《かぜ》蕭蕭《しょうしょう》として易水《えきすい》寒《さむ》し
壮士《そうし》一《ひと》たび去《さ》りて復《ま》た還《かえ》らず

風蕭蕭兮《トシテ》易水寒《シ》
壮士一《タビ》去《リテ》兮不二復《タ》還《ラ》一

風がヒュウヒュウと吹きすさび、易水《えきすい》の流れも冷たい。勇壮な男は、いったん去ったら、二度と帰ってこない。

司馬遷《しばせん》の『史記』に載せる話。戦国時代の末期、西の秦国《しん》が強大となり、他の国々の滅亡は目前となった。燕《えん》国の王の太子・丹《たん》は、起死回生の命運を、荊軻《けいか》という一人の暗殺者にかけた。荊軻は秦王暗殺の密命を帯び、短刀をふところに旅立った。暗殺に成功しても失敗しても、生還の可能性はない。太子丹や友人たちは、純白の服（中国では喪服の色は白）を着て、国境を流れる易水の川まで荊軻を見送った。荊軻の親友が筑《ちく》（小型の弦楽器）をかき鳴らしつつ歌ったのが、この詩句である。

その後、秦王暗殺は成功寸前で失敗し、荊軻は死亡。燕国も秦に滅ぼされ、秦王は中国最初の皇帝「始皇帝《しこうてい》」となった。

後世、時勢を慨嘆《がいたん》する血気盛んな志士を「燕趙《えんちょう》悲歌《ひか》の士」と呼ぶ成語が生まれた。

燕《えん》雀《じゃく》鴻《こう》鵠《こく》　『史《し》記《き》』

燕《えん》雀《じゃく》安《いず》くんぞ鴻《こう》鵠《こく》の志《こころざし》を知《し》らんや。

鳥（画像石）

燕雀安クンゾ知ラン二鴻鵠之志ヲ一哉。

ツバメやスズメのような小鳥には、オオトリやクグイのような大きな鳥の志《こころざし》は、わからない。同様に、小人物に、大人物のすごさがわかるはずがない。

中国史上、最初の農民反乱を起こしたのは、前三世紀の農民、陳勝《ちんしょう》であった。陳勝は若いころ、日雇《やと》いの農作業をしていた。仲間に「将来、出世しても、君のことは忘れないよ」と言うと、鼻でせせら笑われた。陳勝は「ツバメやスズメに、どうして鴻鵠《こうこく》の志がわかるだろうか」とため息をついた。秦《しん》の始皇帝《しこうてい》の死後、農民反乱が起きると、無名人だった陳勝は「王侯将相《おうこうしょうしょう》いずくんぞ種《しゅ》あらんや」（王や諸侯、将軍、大臣と、自分たち農民のあいだに、どうして人種の違いがあるだろうか。ない）という名言を吐き、反乱軍のリーダーとなった。反乱軍は数十万人にふくれあがり、陳勝は王を自称したが、一年もたたぬうちに鎮圧され、陳勝も殺された。

万人《まんにん》の敵《てき》を学《まな》ばん　『史記《しき》』

項籍《こうせき》少《わか》き時《とき》、
書《しょ》を学《まな》びて成《な》らず。
去《さ》りて剣《けん》を学《まな》ぶ。又《また》、成《な》らず。
項梁《こうりょう》、之《これ》を怒《いか》る。籍《せき》曰《い》わく、
「書《しょ》は以《もっ》て名姓《めいせい》を
記《き》するに足《た》るのみ。
剣《けん》は一人《いちにん》の敵《てき》なり。学《まな》ぶに足《た》らず。
万人《まんにん》の敵《てき》を学《まな》ばん」と。

項籍少キ時、
学ビテレ書ヲ不レ成ラ。
去リテ学ブレ剣ヲ。又不レ成ラ。
項梁怒ルレ之ヲ。籍曰ハク
「書ハ足ル三以テ記スル二
名姓ヲ一而已。
剣ハ一人ノ敵ナリ。不レ足ラレ学ブニ。
学バント二万人ノ敵ヲ一。」

項羽《こうう》（前二三二〜前二〇二）

戦国時代の乱世に楚《そ》の将軍の家に生まれ、劉邦《りゅうほう》とともに秦《しん》を滅ぼし、西楚《せいそ》の覇王《はおう》と号した。のちに劉邦と天下を争ったが、包囲されて烏江《うこう》に逃れ、みずから首をはねた。司馬遷《しばせん》は項羽の伝記を『史記』の本紀《ほんぎ》（帝王の記録）に置き、高く評価している。

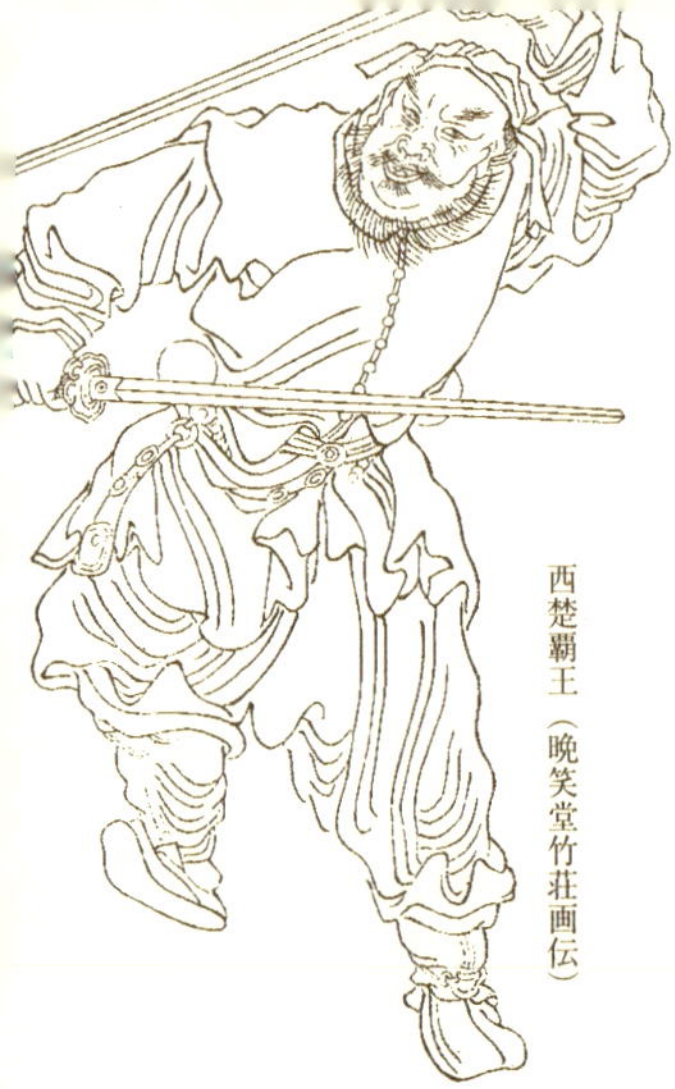
西楚覇王（晩笑堂竹荘画伝）

後に天下の覇者となった項羽《こうう》（名は籍《せき》。羽は字《あざな》）は、若いころ、文字や剣術を学んだが、いずれも途中でやめてしまった。おじの項梁《こうりょう》が怒ると、項羽はうそぶいた。「文字なんて、自分の姓名を書ければじゅうぶん。剣術も一人を相手にできるだけで、学ぶ価値はない。ぼくは、万人を敵に回して戦える兵法を学びたい」

項羽は、中国史上屈指《くっし》の英雄である。中国南部の楚《そ》の国に生まれた項羽は、父母を早くに失い、おじに育てられた。少年時代の項羽は、おじから兵法を教わった。初めは喜んで学んだが、兵法の大筋を学ぶと、また最後まで学ぼうとはしなかった。成人後の項羽は、身長が八尺（約一八四センチ）もあり、腕力は一人で数百人の敵を撃ち殺すほど強く、喜怒哀楽の情も激しかった。項羽は秦《しん》の始皇帝《しこうてい》の死後、故郷の仲間と挙兵した。戦場で一度も負けなかった彼は、たちまち天下の覇者となった。

四面《しめん》楚歌《そか》　『史記《しき》』

是《ここ》に於《お》いて、項王乃《こうおうすなわ》ち
悲歌《ひか》慷慨《こうがい》し、自《みずか》ら詩《し》を
為《つく》りて曰《い》わく、
「力《ちから》は山《やま》を抜《ぬ》き　気《き》は世《よ》を蓋《おお》う
時利《ときり》あらず　騅逝《すいゆ》かず
騅《すい》の逝《ゆ》かざる　奈何《いかん》すべき
虞《ぐ》や虞《ぐ》や　若《なんじ》を奈何《いかん》せん」と。

於イテレ是ニ、項王乃チ悲歌
慷慨シ、自ラ為リテレ詩ヲ曰ハク、
力ハ抜キレ山ヲ兮気ハ蓋フレ世ヲ
時不レ利アラ兮騅不レ逝カ
騅ノ不レ逝カ兮可キ二奈-何ス一
虞ヤ兮虞ヤ兮奈レ若ヲ何セント

歌《うた》うこと数闋《すうけつ》、
美人《びじん》之《これ》に和《わ》す。
項王《こうおう》泣《なみだ》数行《すうこう》下《くだ》る。
左右《さゆう》皆《みな》泣《な》き、
能《よ》く仰《あお》ぎ視《み》るもの莫《な》し。

歌数《フコト》闋、
美人和《ス》レ之《ニ》。
項王泣数行下《ル》。
左右皆泣《キ》、
莫《シ》二能《ク》仰《ギ》視《ルモノ》一。

虞美人（晩笑堂竹荘画伝）

そこで項羽《こうう》は悲歌慷慨《ひかこうがい》し、詩を作って歌った。「私の力と気概は、山をつらぬき、世界を覆《おお》うほど強大だった。私が敗れたのは、実力ではなく、時勢のせいだ。私が乗ってきた騅《すい》（馬の名前）も、もう前に進めない。せめて長年連れ添ってきた虞美人《ぐびじん》（女性の名前）の命だけは守ってやりたい。進めぬ騅をどうしようか。虞よ、虞よ、おまえをどうしようか」。何度か歌い、虞美人も唱和した。項羽は涙をいくすじも流した。左右の者もみな泣いて、誰も顔をあげて見ることができなかった。

「四面楚歌」の名場面。秦《しん》の始皇帝《しこうてい》の死後、楚《そ》の項羽と漢《かん》の劉邦《りゅうほう》が、天下をめぐって争った。大接戦の末、僅差《きんさ》で劉邦が勝ち、項羽を包囲した。夜、項羽は、四方の敵陣から楚の歌声がわき起こるのを聞き「劉邦はすでに私の故郷を占領したのか」と愕然《がくぜん》とした。項羽は別れの酒宴《しゅえん》を開き、歌った。虞美人のその後は不明だが、自殺したともいう。

虞美人草の伝説

虞美人は中国四大美女の一人とされる。が、彼女についての記録は『史記』のこのくだりが全てで、生没年もわからない。『史記』では、項羽はこのあと血路《けつろ》を開いて漢軍の包囲を脱出するが、虞美人についての記述はない。後世の民間説話では、虞美人は項羽の足手まといにならぬため刀で首を切って自殺したとされる。大地に流れた血のあとから、翌年、赤いヒナゲシの花が咲いた。以来、ヒナゲシは別名「虞美人草」と呼ばれるようになった。

漢文に「名演説集」がない理由

西洋の英傑たちは、ギリシャ・ローマの昔から、群衆を前に名演説をぶってきた。西洋の歴史的人物はみな雄弁だ。ソクラテス、イエス・キリスト、カエサル、ナポレオン、リンカーン、みなそうである。

東洋の英雄は演説ができなかった。三国志の諸葛孔明《しょかつこうめい》も、「出師《すいし》の表《ひょう》」という檄文《げきぶん》は書いたが、群衆への演説はしなかった。そもそも福澤諭吉が「演説」という訳語を考案するまで、東洋に「演説」という発想はなかった。

ギリシャ語やラテン語は、英語と同じ音声言語である。耳で聞くだけで意味を一〇〇パーセント理解できるし、もちろん会話にも使える。

いっぽう漢文は書記言語である。長い内容を凝縮して書き残すには最適だが、簡潔に凝縮しすぎているため、漢文の音読を耳で聞くだけだと、同音異義語が多すぎて中国人も意味がわからない。漢文では、演説も会話もできない。ただし「筆談」には便利である。例えば幕末の高杉晋作は、中国語ができなかったが、上海に渡ったとき、中国人と筆談することができた。

烏《う》江《こう》亭《てい》に題《だい》す

杜《と》牧《ぼく》（八〇三〜八五二）

勝敗《しょうはい》は兵家《へいか》も事《こと》期《き》せず
羞《はじ》を包《つつ》み恥《はじ》を忍《しの》ぶは是《こ》れ男児《だんじ》
江東《こうとう》の子弟才俊《していさいしゅん》多《おお》し
巻土重来《けんどちょうらい》未《いま》だ知《し》るべからず

勝敗ハ兵家モ事不レ期セ
包レ羞ヲ忍レ恥ヲ是レ男児
江東ノ子弟多シ二才俊一
巻土重来未ダレ可カラレ知ル

戦争の勝敗は兵法家《へいほうか》でさえ予測不可能だ。敗戦の恥辱《ちじょく》を忍んで生き延びるのも男児の生き方のはず。長江《ちょうこう》下流の江東《こうとう》の地には、俊才の若者が多かった。もし項羽《こうう》が自決せず、土埃《つちぼこり》を巻きあげながら猛烈な勢いで戻ってきたら、天下は最終的に誰のものになったか、わからない。

「詠史詩《えいしし》」の名作。「四面楚歌《しめんそか》」の後、項羽《こうう》は包囲を突破し、烏江亭の渡し場に来た。船は一艘《そう》だけ。川を渡れば、敵軍はしばらく追ってこれない。だが項羽は躊躇《ちゅうちょ》した。「かつて自分といっしょにこの川を逆に渡った八千人の若者は、今は一人もいない。自分だけ生きて帰ったら、彼らの親に、合わせる顔がない」。そう恥じた項羽は、川を渡らず、劉邦《りゅうほう》軍と奮戦したのち自決した。歴史に「もし」は愚かしいが、もし彼があのとき逃げて、捲土重来《けんどちょうらい》に成功したら、どうなっていたか。漢《かん》王朝ではなく楚《そ》王朝が成立し、現代の私たちも「漢字」「漢民族」ではなく「楚字」「楚民族」という語を使っていたかもしれない。

糟《そう》糠《こう》の妻《つま》　『後《ご》漢《かん》書《じょ》』

糟糠《そうこう》の妻《つま》は堂《どう》より下《くだ》さず。

糟糠之妻ハ不レ下サレ堂ヨリ。

『後漢書《ごかんじょ》』

後漢《ごかん》時代について書かれた歴史書。中国の正史《せいし》として清《しん》の時代に選定された二《に》十四史《じゅうしし》の一つ。帝王について記した本紀《ほんぎ》十巻、列伝《れつでん》八十巻、志《し》三十巻より成る。編者は南北朝《なんぼくちょう》時代の宋《そう》の范曄《はんよう》（三九八〜四四五）とされている。

——長年、苦労をともにした妻は、自分が出世したあとも大事にしなければならない。

『後漢書』に載せる話。光武帝《こうぶてい》の姉が、宋弘《そうこう》という大臣に惚《ほ》れた。光武帝は姉を屏風《びょうぶ》の後ろに隠し、宋弘を呼び出して言った。「世間には『出世したら友達を変え、金持ちになったら妻を変える』ということわざがあるそうだ。それが人の情というものではないか」。宋弘は答えた。「私が聞いておりますことわざでは『貧賤《ひんせん》の知人を忘れてはならない。糟糠の妻を屋敷からおろしてはならない』と言います」。光武帝は屏風をふりかえり「だめですな」と言った。

糟糠《そうこう》は「酒かすと米ぬか」の意。「糟糠の妻」は、粗食を食べる貧乏生活の苦労をともにした古女房のこと。余談ながら、日本でも十六世紀ごろまでは、ぬか味噌で作った「糟糠《そうこう》汁《じる》」が普通で、高価な大豆を使った味噌汁はめったに口にできないごちそうであった。

曹操《そうそう》遺令《いれい》　『三国志《さんごくし》』

天下《てんか》尚《なお》未《いま》だ安定《あんてい》せず、
未《いま》だ古《いにしえ》を遵《じゅん》するを得《え》ざるなり。
葬《そう》すること畢《おわ》れば皆服《みなふく》を除《のぞ》け。
其《そ》れ将兵《しょうへい》の屯戍《とんじゅ》する者《もの》は、
皆屯部《みなとんぶ》を離《はな》るるを得《え》ざれ。
有司《ゆうし》も各《おの》おの乃《なんじ》の職《しょく》を率《ひき》いよ。
斂《れん》は時服《じふく》を以《もっ》てせよ、
金玉珍宝《きんぎょくちんぽう》を蔵《ぞう》する無《な》かれ。

天下尚未《ダ》二安定《セ》一、
未《ダ》レ得《ル》レ遵《スルヲ》レ古《ヲ》也。
葬《スルコト》畢《レバ》皆除《ケ》レ服《ヲ》。
其《レ》将兵《ノ》屯戍《スル》者《ハ》、
皆不《レ》レ得レ離《ルルヲ》二屯部《ヲ》一。
有司《モ》各《〻》率《キヨ》二乃《ノ》職《ヲ》一。
斂《ハ》以《テセヨ》二時服《ヲ》一、
無《カレ》レ蔵《スル》二金玉珍宝《ヲ》一。

魏王曹操

天下はまだ安定しておらず、古式の葬儀はできない。私の埋葬が済み次第、服喪《ふくも》をやめよ。地方を守る軍人は自分の駐屯地《ちゅうとんち》を離れてはならぬ。官吏も自分の職場で仕事を続けよ。私の遺体を包むのは平服でじゅうぶん。金銀財宝の副葬品は一切《いっさい》無用。

三国志の英雄、魏王《ぎおう》曹操《そうそう》も、寄る年波には勝てず、建安二十五年(二二〇年)、六十六歳で病死した。ライバルである蜀《しょく》の劉備《りゅうび》や、呉《ご》の孫権《そんけん》より早い死であった。曹操の時代、王侯貴族は、死後、自分の遺体を豪奢な金縷玉衣《きんるぎょくい》で包ませ、金銀財宝の豪華な副葬品を自分の陵墓《りょうぼ》に埋めさせるのが常だった。だが合理主義者の曹操は、葬儀も陵墓も簡素にさせた。曹操の死後、四十六年目に魏王朝は滅亡。曹操の墓の場所もわからなくなった。

二〇〇九年の末、河南《かなん》省安陽《あんよう》市で千数百年ぶりに曹操の陵墓を発見、というニュースが伝えられた。本物の曹操の墓かどうか、学者たちが検証作業を進めている。

死《し》せる諸《しょ》葛《かつ》、生《い》ける仲《ちゅう》達《たつ》を走《はし》らす

『十《じゅう》八《はっ》史《し》略《りゃく》』

死《し》せる諸《しょ》葛《かつ》、生《い》ける仲《ちゅう》達《たつ》を走《はし》らす。

死セル諸葛走ラス㆓生ケル仲達ヲ㆒。

諸葛孔明
（諸葛亮）

諸葛孔明《しょかつこうめい》（一八一～二三四）

三国時代の蜀漢《しょくかん》の名宰相。政治家・武将・軍略家・発明家。蜀漢《しょくかん》の初代皇帝の劉《りゅう》備《び》に仕え、呉《ご》軍とともに魏《ぎ》の曹操《そうそう》を破り、蜀漢の建国に尽力した。劉備の死後、子の劉禅《りゅうぜん》に仕えて魏を攻め、魏と対戦中に病死した。

—死んだ諸葛孔明が、生きている司馬《しば》仲達《ちゅうたつ》を逃走させた。

正史『三国志』の話。蜀《しょく》の忠臣、諸葛孔明は軍を率いて遠征し、魏《ぎ》軍と戦った。魏の司令官・司馬仲達は、孔明の手ごわさを知っていたので、消極作戦に終始して時間をかせいだ。やがて孔明は病没し、蜀軍は撤退した。仲達は蜀軍陣地の跡を視察し、布陣の見事さに感心し、亡きライバルを「天下の奇才なり」と褒《ほ》めたたえた。『漢晋春秋』という書物によると、蜀軍が突然、撤退を開始したので、仲達は追撃した。すると蜀軍は旗を返し、逆襲の構えを見せた。仲達は「さては孔明の作戦だったか」と恐れ、軍を引き返した。蜀軍は撤退作戦に成功した後、孔明の死を発表した。民衆は「死諸葛《かつ》、走生仲達《たつ》」と韻《いん》を踏んだことわざを作り、孔明の智謀《ちぼう》をたたえた。古来、合戦でいちばん犠牲者が出るのは、撤退で総崩《くず》れになったときである。孔明のおかげで、蜀は生き残ることができた。

百忍治家《ひゃくにんちか》　『資治通鑑《しじつがん》』

公藝《こうげい》「忍《にん》」字《じ》百余《ひゃくよ》を書《しょ》して
以《もっ》て進《すす》む。
上《しょう》、之《これ》を善《よ》しとし、
賜《たま》うに縑帛《けんばく》を以《もっ》てす。

公藝書《シテ》二忍字百余一《ヲ》
以《テ》進《ム》。
上善《シトシ》レ之《ヲ》、
賜《フニ》以《テス》二縑帛一《ヲ》。

則天武后

張公藝《ちょうこうげい》は「忍」の字を百余り書いて献上した。皇帝は感心し、褒美《ほうび》に絹を賜《たまわ》った。

「百忍治家、九世同居」の挿話《そうわ》。寿長の張公芸（「芸」の本字は「藝」）の家は、九世代が同居する大家族だった。昔の中国では大家族が普通だった。いとこ、はとこまで含めて一族は数百人以上、祖父の世代の一番下と孫の世代の一番上が同い年、というケースもざらだった。が、さすがに九世代同居は珍《めずら》しかった。儒教道徳は家庭の円満を重んずる。歴代の王朝は、張家を表彰した。麟徳二年（六六五年）、唐《とう》の第三代皇帝・高宗《こうそう》は、寿長の地に行幸《ぎょうこう》し、張公芸に同居の秘訣をたずねた。老齢の張公芸は筆を取ると、紙に「忍」の字を百字以上書いて献上した。高宗は感銘を受けた。彼も家庭では苦労していた。高宗の父は名君の太宗《たいそう》、妻は稀代の女傑・則天武后《そくてんぶこう》である。家族との生活は幸福であると同時に、苦労と忍耐の連続に他ならない、という教訓である。

吾《わ》れ復《ま》た十四歳有《あ》らんや

『日本《にほん》外史《がいし》』

吾《わ》れ復《ま》た十四《じゅうし》歳《さい》有《あ》らんや。

吾レ復タ有ラン二十四歳一乎。

『日本外史《にほんがいし》』

江戸時代後期の漢学者、頼《らい》山陽《さんよう》（一七八〇〜一八三二）の著した歴史書。二十二巻。源平から徳川に至る約七百年の武家の興亡を『史記《しき》』に倣って漢文で記したもの。その朱子学《しゅしがく》的な尊王精神は、明治維新の思想に大きな影響を与えた。

—俺の十四歳は二度と来ないんだぞ。

この挿話《そうわ》は、昭和初期まで教科書の定番だったが、戦後は教科書から姿を消した漢文教材の一つである。徳川頼宣《とくがわよりのぶ》は、家康《いえやす》の十男だった。「大坂夏の陣」の戦いのとき、頼宣はまだ数え十四歳だったが、戦争に参加した。しかし後詰《ごづ》めに回され、敵軍と刃を交える前に戦争が終わった。勝利した家康のもとに、諸将が集まり、祝賀した。頼宣だけは悔し涙を流した。松平正綱《まつだいらまさつな》は「殿はまだ十四歳です。先は長い。手柄を立てる機会は、きっとまだありますよ」と慰《なぐさ》めた。頼宣はキッと表情を変え「俺の十四歳は二度と来ないんだぞ」と言った。家康は「おまえの今の一言は、一番槍の手柄に匹敵する」と褒《ほ》めた。

頼宣は後に「紀州《きしゅう》徳川家」の初代藩主となった。八代将軍徳川吉宗《よしむね》は、頼宣の孫である。

十四歳だけではない。考えてみれば四十四歳も七十四歳も、二度と来ない。人生、いつだって「今」がいちばん若いのだ。

イソップ物語が出典の漢文もどき

故事成語や四字熟語は、おおむね漢文が出典である。しかし中には、西洋のことわざが出典である「漢文もどき」もある。

「一石二鳥」は、英語のことわざ“To kill two birds with one stone.”（石一つで鳥を二羽殺す）の訳語である。漢文にも「一挙両得《いっきょりょうとく》」「一挙両全《りょうぜん》」という同様の成語がある。

「殺鶏取卵」や「鶏を殺して卵を取る」も、いかにも漢文調だが、出典はイソップ物語の「金の卵を産むめんどり」の話で、漢文ではない。

「大山《たいざん》鳴動して鼠《ねずみ》一匹」は、古代ローマの詩人ホラティウスの言葉「山は産気づき、奇妙な鼠を一匹産んだ」が出典。「大きな山」を意味する普通名詞「大山」を、中国にある名山の固有名詞「泰山」と書く人もいる。「泰山鳴動」と書くと、ますます漢文ぽくなる。

この他「血は水よりも濃し」「豚に真珠」「沈黙は金なり」なども西洋起源のことわざである。

反対に「光陰如箭」（光陰矢のごとし）のように、西洋に広まった漢文由来のことわざも多い。

第5章　温故知新——古人と対話する

故《ふる》きを温《あたた》めて新《あたら》しきを知《し》れば、
以《もっ》て師《し》為《た》るべし。

温《メテ》レ故《キヲ》而知《レバ》レ新《シキヲ》、
可《シ》ニ以《テ》為《ル》レ師矣。

『論語《ろんご》』　孔子《こうし》（前五五二〜前四七九）

古いことをあたためて、新しいことを知る。それで先生になれる。

現在と未来を知りたければ過去を学べ、という歴史主義の思想。『史記《しき》』を書いた司馬遷《しばせん》も、『日本外史』を著した頼山《らいさん》陽《よう》も、なぜ「現代」はこのような時代になったのか、という強い問題意識をもち、自分が生まれた時代を描くために昔にさかのぼって筆を起こしたのである。

西洋社会は「個人」を、東洋社会は「古人」を重んじた。漢字「古」は「歳月をへて確固たる状態になる」意で、故、枯、固、個などと同系。古人の事蹟《じせき》は、簡潔な漢文で記述され、固形スープのように凝縮された故事になる。その固形スープの素《もと》を「皿」に盛り、フタをして蒸し、うるおいを与え、よみがえらせる。「温」の字源は、水と皿とフタを組み合わせた会意《かいい》文字。「新」の字源は「切ったばかりの表面があらい木」で、辛《しん》や薪《しん》と同系。孔子の学問は、故事を温めて現代の問題を考える材料を得るという実践的なものだった。

子路図（李公麟・筆、画像石）

憤《ふん》せざれば啓《けい》せず、
悱《ひ》せざれば発《はっ》せず。

不レバ憤セ不レ啓セ、
不レバ悱セ不レ発セ。

『論語《ろんご》』　孔子《こうし》（前五五二〜前四七九）

孔子《こうし》

世界的な大思想家で儒家《じゅか》の始祖。西洋ではConfuciusという名で知られる。幼くして両親を失い、孤児として育ちながら苦学したとされる。身長は二メートルを越す長身で、世に「長人」と呼ばれたと『史記』にある。若くして魯《ろ》国の役人となり政治改革を試みるも、国政に失望して弟子とともに諸国を遊歴。どこにも受け容れられず、晩年は弟子の育成と『詩経《しきょう》』『書経《しょきょう》』などの古典の整理に専念した。

胸にためた憤懣《ふんまん》が爆発寸前の生徒でなければ、啓発できない。主張したいことをうまく言えず口をムズムズさせている生徒でなければ、啓発できない。

「啓発」の語源となった言葉。孔子はこれに続けて「教師が物事の四分の一を説明すると、生徒が残りの四分の三を自分で考えて教師に反応する。そんな熱い生徒でなければ、私は二度と教えない」と述べた。

孔子の学校へは、入門料として「束脩《そくしゅう》」（一束の乾《ほ》し肉）を納めれば、誰でも入れた。だが孔子は、師の言うことをひたすら拝聴する録音機のような弟子は、評価しなかった。自分の頭で考える積極的な弟子を評価した。「一を聞いて十を知る」の語源となった顔回《がんかい》や、孔子の一言に『詩経《しきょう》』の「切磋琢磨《せっさたくま》」の句で応酬した子貢《しこう》、孔子からいつも叱られつつ弟のような信頼感を寄せられた子路《しろ》などは、そのような熱い弟子だった。

民《たみ》、信《しん》無《な》くんば立《た》たず。

民無レ信《クンバ》不レ立《タ》。

『論語《ろんご》』　孔子《こうし》（前五五二〜前四七九）

見舞いに来た子貢に孔子が夢を告げる（聖蹟図）

——民《たみ》が信用する心をもてないと、社会は立ちゆかなくなる。

孔子の弟子の子貢《しこう》が、政治の要諦《ようてい》をたずねた。孔子は「食糧を充足し、兵力を充足し、民に信用する心をもたせることだ」と答えた。子貢が「この三つのうち、やむを得ず一つを切り捨てるとしたら？」と聞くと、孔子は「兵力を捨てる」と答えた。子貢が「やむを得ず、さらにもう一つを切り捨てるとしたら？」と聞くと、孔子は答えた。「食糧を捨てる。人はいつか死ぬ。が、民が信用する心を失うと、社会は立ちゆかない」

孔子の時代は乱世だった。彼は民の道徳教育を重視したが、政策の順番としては、食糧確保と国防を優先した。ただ、一番大事なのは「信用」である。もし、国や他人を信用する心が失われたら、社会は一瞬にして崩壊する。例えば、印刷した紙きれが「お金」として流通できるのも、民の「信用」があるからだ。信用が失われれば、紙幣も紙くずになる。

己《おのれ》の欲《ほっ》せざる所《ところ》は、
人《ひと》に施《ほどこ》すこと勿《な》かれ。

己《ノ》所《ハ》レ不《ル》レ欲《セ》、
勿《カレ》レ施《スコト》二於人《ニ》一。

『論語《ろんご》』　孔子《こうし》（前五五二～前四七九）

——自分がいやなことを、他人にするな。

孔子に、弟子の子貢《しこう》がたずねた。「たった一言、生涯をかけて実践するに値する言葉は、あるでしょうか」。孔子は答えた。「まあ、『恕《じょ》』（思いやり）だね。自分がいやなことを、他人にしてはいけない」

この考えを、倫理学では「黄金律《おうごんりつ》」と呼ぶ。ユダヤ教にも似た話がある。あるとき、ラビ・ヒレルのところに非ユダヤ人がきて「私が片足で立ち続けていられるだけの時間に、ユダヤの学問の全てを教えよ」と言った。ヒレルは「自分がやってもらいたくないことを他人にするな」と答えた。イスラム教やヒンドゥー教にも、同様の黄金律がある。キリスト教では「人にしてほしいと思うことを、他人にしてあげなさい」（『新約聖書』マタイ伝）と積極形で説《と》く。時代や国は違っても、真理は一つである。

孔門《こうもん》の十哲《じってつ》

孔子の門人三千人と言われる中で、とくに優れた十人の弟子。徳行、言語（弁舌の才）、政事、文学（学問の才）における「四科十傑」ともよばれる。「徳行」の顔淵《がんえん》、閔《びん》子騫《しけん》、冉伯牛《ぜんはくぎゅう》、仲弓《ちゅうきゅう》。「言語」の宰我《さいが》、子貢《しこう》。「政事」の冉有《ぜんゆう》、子路《しろ》。「文学」の子游《しゆう》、子夏《しか》。

孔子の名言集　その一『論語』より

巧言令色《こうげんれいしょく》、鮮《すく》ないかな仁《じん》。

君子《くんし》は言《げん》に訥《とつ》にして、

行《こう》に敏《びん》ならんと欲《ほっ》す。

徳《とく》は孤《こ》ならず、必《かなら》ず隣《となり》有《あ》り。

巧言令色鮮《ナイ》矣仁。

君子《ハ》欲《ス》下訥《ニシテ》二於言《ニ》一、

而敏《ナラント》中於行《ニ》上。

徳《ハ》不レ孤《ナラ》、必《ズ》有《リ》レ隣。

『論語《ろんご》』

孔子《こうし》の言行を彼の死後、弟子達が記録した書物。全二十編で構成。編の名称は各編の最初の二、三文字を採ったもので、内容上の意味はない。

学而《がくじ》第一	先進《せんしん》第十一
為政《いせい》第二	顔淵《がんえん》第十二
八佾《はちいつ》第三	子路《しろ》第十三
里仁《りじん》第四	憲問《けんもん》第十四
公冶長《こうやちょう》第五	衛霊公《えいれいこう》第十五
雍也《ようや》第六	季氏《きし》第十六
述而《じゅつじ》第七	陽貨《ようか》第十七
泰伯《たいはく》第八	微子《びし》第十八
子罕《しかん》第九	子張《しちょう》第十九
郷党《きょうとう》第十	堯曰《ぎょうえつ》第二十

- 巧みに言いつくろう人、表情にもそつのない人は、仁の心が少ない。
- 君子は、言葉は訥弁《とつべん》で行動は敏捷《びんしょう》でありたいと望むものだ。
- 徳のある人は必ず理解者があらわれる。

「信」は「人間の言葉」と書く。シンという音は、進《しん》、晋《しん》、迅《じん》と同系で「すみやかにすすむ」の意。一度口にした約束をおしすすめるのが「信」の原義。また「誠」の原義は「言ったことを欠け目なく成す」で、土を欠け目なく突き固めた「城」と同系。「訥」は、言葉が自分の内側にこもって、うまく外に出ないこと。

政治家は雄弁であるべきだが、「巧言」であってはならない。「誠」であるためには、できないこと、するつもりのないことを最初から口にすべきではない。巧みなウソつきよりは訥弁のほうがはるかにましである。うわべの言葉よりも徳を、と孔子《こうし》は主張したのである。

孔子の名言集　その二『論語』より

父母《ふぼ》の年《とし》は、
知《し》らざるべからざるなり、
一《いっ》は則《すなわ》ち以《もっ》て喜《よろこ》び、
一《いっ》は則《すなわ》ち以《もっ》て懼《おそ》る。

後生畏《こうせいおそ》るべし。
焉《いず》くんぞ来者《らいしゃ》の今《いま》に
如《し》かざるを知《し》らんや。

父母之年、
不可不知也、
一則以喜、
一則以懼。

後生可畏。
焉知来者之不
如今也。

之《これ》を知《し》る者《もの》は、
之《これ》を好《この》む者《もの》に如《し》かず。
之《これ》を好《この》む者《もの》は、
之《これ》を楽《たの》しむ者《もの》に如《し》かず。

知ルレ之ヲ者ハ不レ如カ二
好ムレ之ヲ者ニ一。
好ムレ之ヲ者ハ不レ如カ二
楽シムレ之ヲ者ニ一。

●両親の年齢をいつも思い出しなさい。長生きを喜ぶと同時に、老化や病気を恐れるために。
●若者には畏敬《いけい》の念をもつべきだ。「後生《こうせい》」の若者は、今の「先生」をいつか越えるかもしれないよ。
●それを知っている人より、それが好きだという人のほうが勝《まさ》っている。好きだという人より、それで楽しむ人のほうが勝っている。

楽器を演奏する人
(画像石)

孔子《こうし》は、親孝行とか、年長者への敬意を重んじた。その一方、若者にも期待をかけていた。孔子は教育を重んじたが、知識を詰め込むだけではなく、生徒が自分の頭で考えること、学問を好きになり、さらに学問を楽しむことを推奨した。孔子は、お説教を一方的に垂《た》れ流すティーチング・マシン型の教師ではなかった。

孔子はどんな言葉を喋っていたか？

漢文の古典『論語《ろんご》』には、孔子の言葉が漢文で記録されている。これは孔子の「肉声」なのだろうか？

例えば、『論語』冒頭の孔子の言葉「学而時習之、不亦説乎。」（本書38頁）は、現代中国語なら「把学好的東西時時応用出来、這不是高興嗎？」などと言うところである。孔子が使っていた二五〇〇年前の中国語がどのようなものか、今となってはよくわからないが、少なくとも「学而時習之、不亦説乎。」より冗長な音声言語であったことは間違いない（そうでないと、耳で聞いてわからない）。

『論語』述而篇には「先生が『雅言《がげん》』を使ったのは、『詩経《しきょう》』と『書経《しょきょう》』（を読むとき）である。礼を実践するときもみな『雅言』であった」という記述がある。この「雅言」の解釈には諸説があるが、「周《しゅう》王朝の正式な発音」とする説が有力である。つまり、孔子といえども、ふだんは自分の母語である魯《ろ》の国の方言を喋《しゃべ》っていたらしい。学者たちは周の時代の発音（上古音）を推定しているが、いまだ定説はない。例えば「孔」の復元音は kung 説や klung 説など諸説がある。

孔子の名言集　その三 『論語』より

朝《あした》に道《みち》を聞《き》かば、
夕《ゆうべ》に死《し》すとも可《か》なり。

三軍《さんぐん》も帥《すい》を奪《うば》うべきなり、
匹夫《ひっぷ》も志《こころざし》を奪《うば》うべからず。

過《あやま》ちては則《すなわ》ち改《あらた》むるに
憚《はばか》ること勿《な》かれ。

朝ニ聞カバレ道ヲ、
夕ニ死ストモ可ナリ矣。

三軍モ可キレ奪フレ帥ヲ也、
匹夫モ不レ可カラレ奪フレ志ヲ也。

過チテハ則チ勿カレレ憚ルコトレ改ムルニ。

孔子の門人たち（金石索）

●もし朝、正しい道を聞けたら、その日の夕方に死んでもいいね。
●大軍でも司令官を奪うことはできる。一人の男でもその志《こころざし》を奪うことはできない。
●誤ちとわかれば、ぐずぐずせずにすぐ改めなさい。

孔子《こうし》はロマンチストだった。彼は、文化と教育の力で人々に道徳の心を思い出させ、乱世を終わらせる、という熱い志をいだいた。孔子の理想は、四百年後、漢《かん》の武帝《ぶてい》が儒教を国家教学として採用したことで、一応の実現を見た。

孔子は、いにしえの正しい道を探究した。朝から夕方までの半日の時間差は、道を後進に伝えるための時間だろう。孔子が求めた道は、半日あれば伝えられる簡潔で力強いものだった。孔子は不屈の意志をもっていたが、試行錯誤の柔軟さももっていた。「改」は「己」に動詞符号「攵」を添《そ》えた字。人に変えてもらうのではなく、自分で変えるのが「改」である。

絵でよむ中国地図

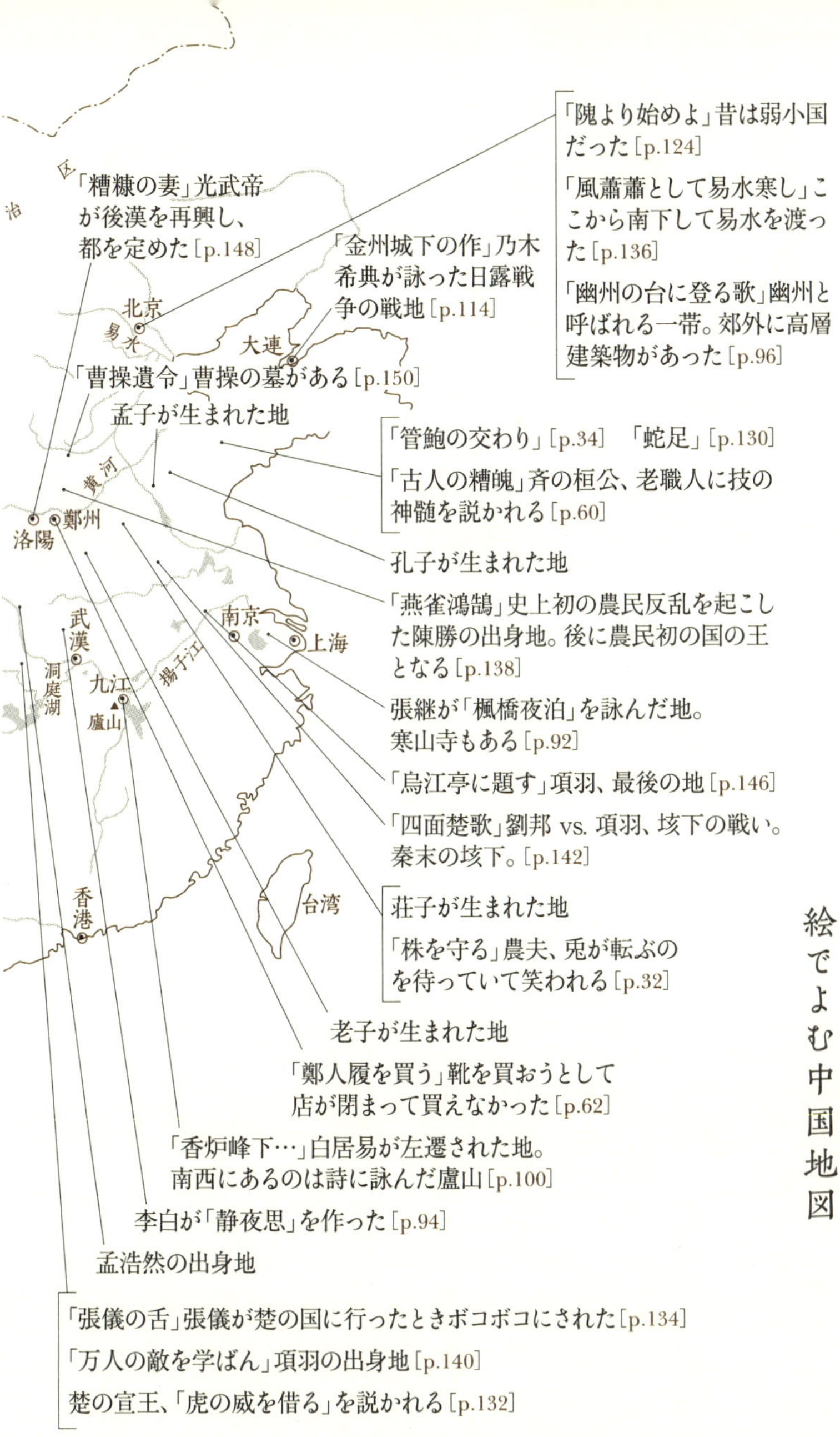

「隗より始めよ」昔は弱小国だった［p.124］
「風蕭蕭として易水寒し」ここから南下して易水を渡った［p.136］
「幽州の台に登る歌」幽州と呼ばれる一帯。郊外に高層建築物があった［p.96］
「糟糠の妻」光武帝が後漢を再興し、都を定めた［p.148］
「金州城下の作」乃木希典が詠った日露戦争の戦地［p.114］
北京
易水
大連
「曹操遺令」曹操の墓がある［p.150］
孟子が生まれた地
「管鮑の交わり」［p.34］　「蛇足」［p.130］
「古人の糟魄」斉の桓公、老職人に技の神髄を説かれる［p.60］
黄河
洛陽
鄭州
孔子が生まれた地
「燕雀鴻鵠」史上初の農民反乱を起こした陳勝の出身地。後に農民初の国の王となる［p.138］
武漢
南京
上海
洞庭湖
九江
揚子江
盧山
張継が「楓橋夜泊」を詠んだ地。寒山寺もある［p.92］
「烏江亭に題す」項羽、最後の地［p.146］
「四面楚歌」劉邦 vs. 項羽、垓下の戦い。秦末の垓下。［p.142］
香港
台湾
荘子が生まれた地
「株を守る」農夫、兎が転ぶのを待っていて笑われる［p.32］
老子が生まれた地
「鄭人履を買う」靴を買おうとして店が閉まって買えなかった［p.62］
「香炉峰下…」白居易が左遷された地。南西にあるのは詩に詠んだ盧山［p.100］
李白が「静夜思」を作った［p.94］
孟浩然の出身地
「張儀の舌」張儀が楚の国に行ったときボコボコにされた［p.134］
「万人の敵を学ばん」項羽の出身地［p.140］
楚の宣王、「虎の威を借る」を説かれる［p.132］

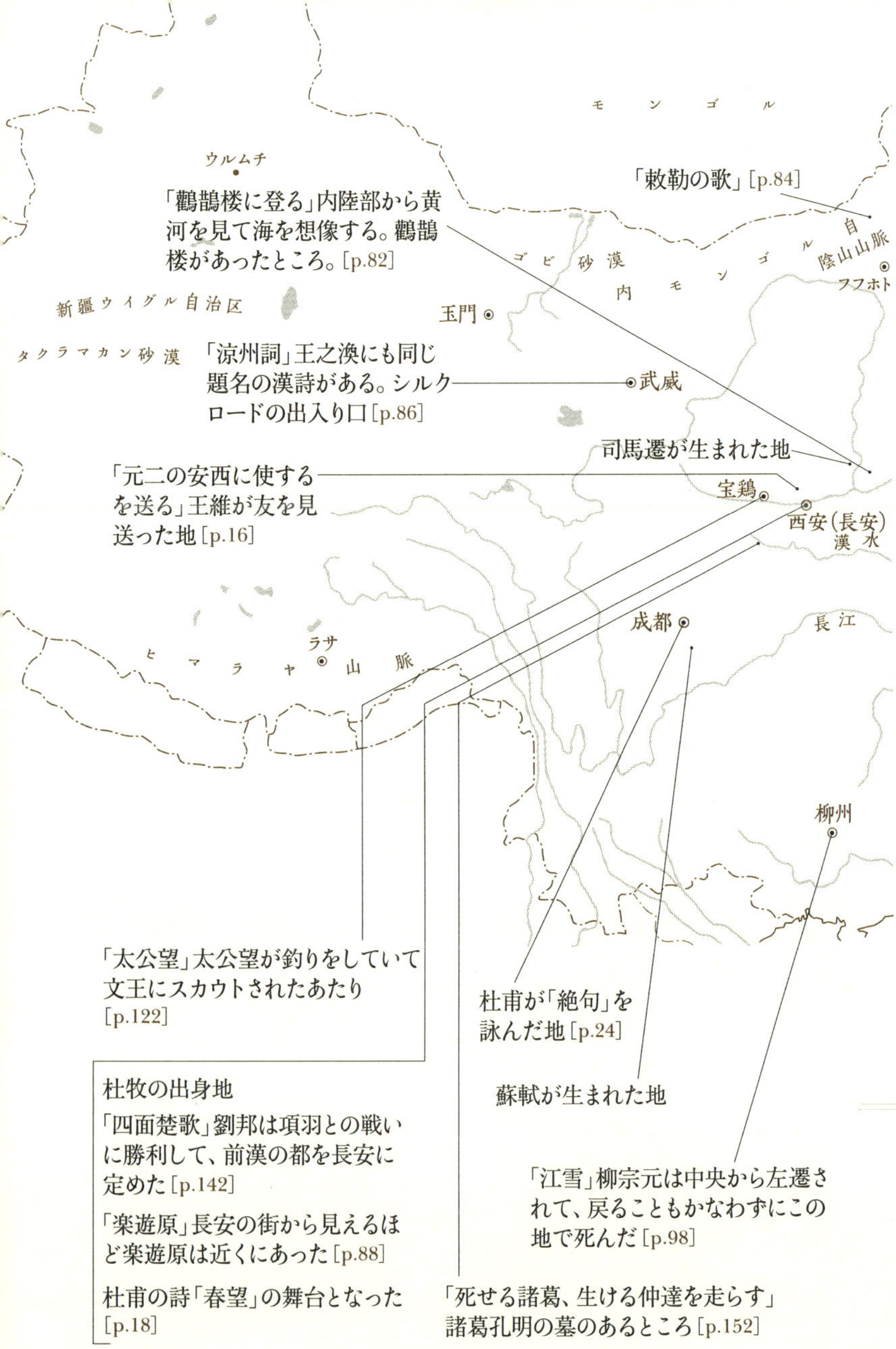
モンゴル
ウルムチ
「敕勒の歌」[p.84]
「鸛鵲楼に登る」内陸部から黄河を見て海を想像する。鸛鵲楼があったところ。[p.82]
ゴビ砂漠
内モンゴル自
陰山山脈
フフホト
新疆ウイグル自治区
玉門
タクラマカン砂漠
「涼州詞」王之渙にも同じ題名の漢詩がある。シルクロードの出入り口[p.86]
武威
司馬遷が生まれた地
「元二の安西に使するを送る」王維が友を見送った地[p.16]
宝鶏
西安(長安)
漢水
成都
長江
ラサ
ヒマラヤ山脈
柳州
「太公望」太公望が釣りをしていて文王にスカウトされたあたり[p.122]
杜甫が「絶句」を詠んだ地[p.24]
杜牧の出身地
「四面楚歌」劉邦は項羽との戦いに勝利して、前漢の都を長安に定めた[p.142]
「楽遊原」長安の街から見えるほど楽遊原は近くにあった[p.88]
杜甫の詩「春望」の舞台となった[p.18]
蘇軾が生まれた地
「江雪」柳宗元は中央から左遷されて、戻ることもかなわずにこの地で死んだ[p.98]
「死せる諸葛、生ける仲達を走らす」諸葛孔明の墓のあるところ[p.152]

年表

西暦	時代（中国）	時代（中国）	人物と書物	時代（日本）	世界の出来事
	伝説時代［三皇五帝］	伝説の帝王、尭が簡素な政治を行う。「撃壌歌」		縄文時代	エジプト古王国時代（前2686頃～前2185頃）
	夏《か》				
前17世紀頃～	殷《いん》	「伊尹の土功」			古バビロニア王国（前1830～前1530頃）
前11世紀頃～	西周《せいしゅう》	西伯（後の周の文王）が太公望をスカウト。「太公望」 民謡「桃夭」			
前770	東周《とうしゅう》 春秋時代	管仲と鮑叔が友情を育む。「管鮑の交わり」 伯楽孫陽という馬の鑑定術の達人がいた。「世に伯楽有りて」	孫子「風林火山」 老子「上善は水の若し」 孔子『論語』		ローマ市建国（前753） 釈迦誕生（前6～4世紀ごろ） ペルシャ帝国、全オリエント統一（前525頃）
前403					

年	中国	出来事	人物・著作	日本	世界
前256	戦国時代	「隗より始めよ」 「蛇足」 「虎の威を借る」 荘子、蝶になった夢を見る。 「夢に胡蝶と為る」 張儀、ボコボコにされる。 「張儀の舌」	孟子 「恒産無ければ恒心無し」 荘子 「胡蝶の夢」		ソクラテス （前470〜前399）
前221	秦《しん》	秦の始皇帝が天下を統一。 農民の陳勝、中国史上初の農民反乱を起こす。 「燕雀鴻鵠」	呂不韋『呂氏春秋』 韓非『韓非子』		
前206	前漢《ぜんかん》	劉邦が項羽を破り即位。 「四面楚歌」 「烏江亭に題す」	劉安『淮南子』 司馬遷『史記』 劉向『戦国策』	弥生時代	旧約聖書の成立 （前165頃）
紀元					キリスト誕生（4）
9	新《しん》				
25	後漢《ごかん》	光武帝の姉、大臣の宋弘に恋をする。 「糟糠の妻」			

荘子

孟子

220	三国時代 ［魏《ぎ》・呉《ご》・蜀《しょく》］	三国志の英雄、魏王曹操は葬儀も墓も簡素に。 「曹操遺令」 諸葛孔明のおかげで、蜀は助かる。 「死せる諸葛、生ける仲達を走らす」		邪馬台国女王卑弥呼、使者を魏に送る（238）
265	西晋《せいしん》		陳寿『三国志』	大和時代
317	東晋《とうしん》			
386	南北朝	南北朝の対立。	范曄『後漢書』	アレクサンドロス大王の東征（334）
581	隋《ずい》	科挙試験、実施。（唐の時代、韓愈が何度も落ち、陳子昂や白居易が合格した試験）		593 聖徳太子、摂政となる
618	唐《とう》 初唐	「忍」の字を百余り書いた張公藝の故事。「百忍治家」	陳子昂	大化の改新（645）
712	盛唐	安禄山の反乱が起き、長安の都も破壊された。 「春望」	李白 **天才肌。詩仙、酒仙と呼ばれる**	奈良時代（710）

李白

年		王朝	出来事	人物	日本	世界
			杜甫、妻と子供たちを連れて各地を放浪。「絶句」	杜甫 努力型。詩聖と称される 王翰・王之渙・孟浩然・王維・張継		
766		中唐	柳宗元、国政改革に挫折し、地方に左遷。「江雪」 白居易、地方に左遷され「香炉峰下…」を書く。	韓愈・白居易・柳宗元・杜牧・李商隠	平安時代（794）	
836		晩唐	李商隠、時代の閉塞感のなか楽遊原にのぼる。「楽遊原」			
916	契丹［遼］	五代《ごだい》	五代十国の興亡。			神聖ローマ帝国成立（962）
		北宋《ほくそう》	木版印刷が発達。	司馬光『資治通鑑』		
1125	金《きん》	南宋《なんそう》	朱子学の隆盛。	朱熹	鎌倉時代（1192）	
1234	元《げん》			曾先之『十八史略』		

杜甫

年	中国	漢詩・出来事		日本の時代	世界
1368	明《みん》	鄭夢周「奉使日本」 武田信玄、「風林火山」の旗を使う。		室町時代（1338） 安土桃山時代（1573）	
1616	清《しん》	徳川頼宣「吾れ復た十四歳有らんや」 程順則「東海朝曦」 広瀬淡窓、桂林荘を開く。「桂林荘雑詠　諸生に示す」 木戸孝允、幕府を打ち倒し、明治維新を導く。「偶成」 夏目漱石、胃潰瘍をわずらう。「無題」	頼山陽『日本外史』	江戸時代（1603） 明治時代（1868）	
1912	中華民国	『昭和天皇独白録』で孫子に言及。「彼を知り己を知る者は」		大正時代（1912） 昭和時代（1926）	第一次世界大戦（1914～1918） 第二次世界大戦（1939～1945）
1949	中華人民共和国			平成時代（1989）	

作品さくいん ［五十音順］

＊題名、出典または作者名の順で掲載してあります。

さ

た

人名・書名さくいん［五十音順］

＊人名は生没年、時代、字、出身地の順で掲載してあります。
＊書名は編纂者を挙げてあります。
＊太字の数字はプロフィール・小コラムの掲載ページです。

おわりに

漢文は不思議な文学だ。

子供のとき、訳もわからず暗記した漢文の言葉が、数十年後、人生の何かの折にふっと思い出され、本当の意味がじわりと身にしみることがある。

漢詩や漢文を口ずさむと、数千年も前の見知らぬ人たちが、まるで自分の隣から語りかけてくるような不思議な親近感を感じる。古人も悩める人間だった。悩める私たちも、遠い未来には古人になるかもしれない。

代々の祖先が伝えてくれた古典の言葉。それを、私たちも自分たちの世代の思いをこめて、次の世代へ手わたせれば、と思う。

本書の企画から完成まで、朝日出版社編集部の仁藤輝夫氏、谷岡美佐子氏、綾女欣伸氏、石田出氏のお世話になった。末筆ながら感謝申し上げる。

二〇一〇年六月

加藤　徹

図版の主な出典

＊本文に出典を記したものもあります。

『芥子園画伝』……14～15、16、19、21、23、27、65、97、111、114

『唐詩選画本・七言絶句』……22、24、90～91、94、99、100～101、105、107、148

『唐詩三百首』……83、93

『唐詩画譜』……68

篆刻文字を掲載している頁

守株待兎…33、覆水収難…53、糟魄…61、風野天…85、陰光…109、愚才…113、漱石…117、記史…137、亭江烏…147、忍…154、徳川頼宣…156～157、温故知新…161、訥信誠…168～169

加藤　徹（かとうとおる）
1963年東京生まれ。東京大学文学部中国語中国文学科卒業、同大学院人文科学研究科博士課程単位取得満期退学。1990〜91年、中国政府奨学金高級進修生として北京大学中文系に留学。広島大学総合科学部助教授を経て、現在、明治大学法学部教授。著書に『漢文力』（中公文庫）、『西太后』（中公新書）、『漢文の素養』（光文社新書）、『貝と羊の中国人』（新潮新書）など。

絵でよむ漢文
2010年7月15日　初版第1刷発行

著者　加藤　徹
発行者　原　雅久
発行所　株式会社　朝日出版社
〒101-0065
東京都千代田区西神田3-3-5
電話　03-3263-3321（代表）
http://www.asahipress.com

印刷・製本　赤城印刷株式会社

デザイン　三木俊一（文京図案室）
DTP　メディアアート

ISBN978-4-255-00539-3